Esther Gerritsen (1972) debut [illegible]
halenbundel *Bevoorrecht bewus*[illegible]
den, *Tussen Een Persoon* en *Normale dagen* (longlist Libris Literatuurprijs 2006). In 2008 verscheen haar alom geprezen *De kleine miezerige god* (longlist Gouden Uil 2008). Twee jaar later kreeg de roman *Superduif* een nominatie voor de Libris Literatuurprijs. In 2011 volgde een bundeling van columns en artikelen, *Jij hebt iets leuks over je*. In 2012 verraste ze met de roman *Dorst*. Hiermee stond ze op de toplist van de AKO Literatuurprijs, de shortlist van de Libris Literatuurprijs en werd ze genomineerd voor de Opzij Literatuurprijs en de Dioraphte Jongeren Literatuurprijs. In 2014 won Gerritsen de Frans Kellendonk-prijs, die driejaarlijks wordt toegekend aan een Nederlandstalige auteur met een literair oeuvre dat getuigt van een onafhankelijke en originele kijk op maatschappelijke of existentiële problematiek.

Roxy is haar zesde roman.

Esther Gerritsen heeft een wekelijkse, zeer populaire column in de *VPRO Gids* en is regelmatig te gast in radioprogramma's en op literaire festivals.

Boeken van Esther Gerritsen bij De Geus

Bevoorrecht bewustzijn
Tussen Een Persoon
Toneel
Normale dagen
De kleine miezerige god
Superduif
Jij hebt iets leuks over je
Ik ben vaak heel kort dom
Roxy

MIX
Papier van verantwoorde herkomst
FSC® C004472
FSC www.fsc.org

Esther Gerritsen

Dorst

DE GEUS

Zesde druk

De auteur ontving voor het schrijven van dit boek een werkbeurs van het Nederlands Letterenfonds

Nederlands letterenfonds
dutch foundation
for literature

ISBN 978 90 445 3352 1
NUR 301

Dorst

Het is de eerste keer in haar leven dat Elisabeth haar dochter onverwachts treft. Ze komt van de apotheek op de Overtoom, wil net oversteken naar de tramhalte als ze haar dochter ziet fietsen aan de andere kant van de straat. Haar dochter ziet haar ook. Elisabeth staat stil. De dochter stopt met trappen maar remt nog niet. De hele Overtoom zit tussen hen in, twee fietspaden, twee rijbanen en een dubbele trambaan. Elisabeth weet meteen dat ze haar dochter moet vertellen dat ze doodgaat en ze lacht als iemand die van plan is een grap te vertellen.

Vaak weet ze niet wat ze tegen haar dochter moet zeggen, maar nu heeft ze toch echt iets. Onmiddellijk daarna beseft ze dat zoiets niet te enthousiast gebracht mag worden en misschien ook niet nu. Ondertussen steekt ze de Overtoom al over en denkt aan haar huisarts, die almaar vraagt: 'Deel je het wel met mensen?' en hoe fijn het zou zijn als ze bij een volgend consult het goede antwoord kan geven. Ze loopt tussen twee auto's door. Haar dochter remt en stapt van haar fiets. Elisabeth houdt de plastic apotheektas met morfinepleisters en hoestdrank stevig vast. De tas is het bewijs van haar ziekte, alsof haar woorden het nooit alleen af kunnen, en de tas is ook al het excuus. Omdat ze het echt niet zo had willen zeggen, hier, zo ongepast op straat, maar de tas had haar al verraden. Toch? Ja? Ook steekt Elisabeth zo abrupt de Overtoom over, vlak achter een tram langs, omdat het niet hoort, haar kind aan de overkant en zij hier. Een dochter hoor je niet onverwachts te treffen.

Ooit was de dochter er doorlopend, en toen ze er later niet was, had Elisabeth haar zelf ergens afgeleverd. Nog later was er een bezoekregeling en de laatste jaren was er niet veel, maar in ieder geval bleven de verjaardagen. Altijd was het duidelijk en ze had zichzelf aangewend niet aan de dochter te denken als de dochter er niet was. Ze bestond op afgesproken tijden. Maar nu fietst zij daar, terwijl er niets is afgesproken en daarom klopt het niet en moet er iets opgelost, veranderd, bijeengevoegd, moet ze nu nog een trambaan over, vlak na de taxi die claxonneert en die haar jas doet opwaaien. Haar dochter trekt haar fiets het trottoir op. De laatste rijbaan is leeg.

Elisabeth ziet meteen dat haar dochter weer dikker is geworden en ze zegt snel: 'Heb je je haar nu nog korter geknipt?' omdat ze als de dood is dat haar dochter het aan haar ziet, die gedachte over dat dikke. Elisabeth praat graag over hun haar. Ze hebben dezelfde kapper.

'Nee', zegt haar dochter.

'Andere kleur dan?'

'Nee.'

'Nog steeds dezelfde kapper, toch?'

'Ja.'

'Ik ook', zegt Elisabeth.

Haar dochter knikt. Het begint zacht te regenen.

'Waar ga je heen?' is te bemoeizuchtig, daarom maar: 'Maar jouw huis is toch in Oost?'

'Ik moet eruit, binnenkort.'

'O,' zegt Elisabeth, 'dat wist ik niet.'

'Hoe had je dat ook moeten weten?'

'Dat … weet ik niet.'

'Ik weet het zelf net.'

'Nee, dan had ik het niet kunnen weten.' Het gaat harder regenen. 'We worden nat', zegt Elisabeth.

Onmiddellijk maakt haar dochter aanstalten om weer op

haar fiets te stappen en ze zegt: 'We bellen wel, ja?'

'Monstertje van me', zegt Elisabeth. Zo noemde haar vader haar altijd. Nog steeds. Als hij het zegt, klinkt het grappig. Haar dochter kijkt haar aan met open mond. Dan bewegen haar lippen. *Ga weg*, zegt ze, zonder geluid. Het is niet de bedoeling dat Elisabeth het hoort en dat respecteert ze; ze heeft pijn in haar maag, maar ze heeft het niet gehoord. Het korte haar van haar dochter ligt plat en nat op het hoofd. Elisabeth denkt aan handdoeken en wil haar dochter afdrogen, maar haar dochter draait zich van haar af, één voet al op de trapper.

Dus moet Elisabeth wel zeggen: 'Ik heb een nieuwtje.' Gelukt. Haar dochter kijkt weer om.

'Wat dan?'

'Sorry,' zegt ze, 'ik breng het helemaal verkeerd, het is niets leuks.'

'Wat dan?'

'Maar ik wil ook niet dat je het te zwaar opvat.' Langzaam tilt ze haar plastic apotheektas omhoog. Met twee handen houdt ze de tas voor zich, het logo duidelijk zichtbaar. 'Jij zult wel denken: waarom is ze niet op haar werk?'

Haar dochter kijkt niet naar de tas.

'Wat?'

'Ik kom net van de apotheek.'

'En?'

'Het is de dokter. Hij zegt het.' Ze laat de tas zakken.

'Wat zegt de dokter?'

'Dat ik het moet delen.'

'Wat, mama?'

'Dat ik misschien doodga. Maar we weten niet wanneer, hoor. Het kan nog maanden duren.'

'Doodga?'

‘Vanwege de kanker.’

‘Kanker?’

‘Het is maar een verzamelnaam voor heel veel ziekten eigenlijk, het klinkt alleen zo akelig.’

‘Wat heb je dan?’

‘Och, dat is een heel technisch verhaal.’

‘Hè?’

‘Het is begonnen in mijn nieren, maar …’

‘Sinds wanneer?’

‘Dat moet al jaren gaande zijn.’

‘Nee. Hoelang weet je dat al?’

Elisabeth denkt aan de kapper, aan wie ze het als eerste vertelde. Daar komt ze om de maand en de nieuwe afspraak is deze week. Het moet dus in ieder geval langer dan …

‘Hoelang, mama?’

‘We worden echt heel nat als we hier blijven staan.’

‘Hoelang?’

‘Ik ben aan het tellen.’

‘Dagen? Weken?’

‘Ik tel.’

‘Maanden?’

‘Neueu, geen maanden.’

‘Jezus.’ Haar dochter lijkt boos.

‘Ik had het niet moeten zeggen, hè?’

‘Maar … doen ze er iets aan?’

‘Nu even niet, nee.’

‘Ze gaan er iets aan doen?’

‘Als ze er iets op weten wel.’

‘En weten ze dat?’

‘Nu even niet.’

‘… en dus?’

'Sorry,' zegt Elisabeth, 'ik had het niet zo moeten zeggen. We worden hartstikke nat.' De tas verbergt ze nu achter zich.

'Dat je … misschien … maar niet zeker?'

'Het is niet waarschijnlijk dat je met zoiets nog lang leeft.'

'Niet waarschijnlijk?'

'Waarschijnlijk niet.'

'Jezus.'

'We moeten maar even bellen. We bellen. Ja? Bellen we?'

En dan gaat Elisabeth zo snel mogelijk weer terug de Overtoom over. Ze glijdt uit op de eerste trambaan, maar komt onmiddellijk weer overeind. Zo snel als ze naar haar dochter toe wou, zo snel, nee sneller, wil ze nu van haar vandaan. De trams bellen en Elisabeth denkt aan hoe haar dochter haar kamer schilderde.

'Ik begin gewoon te schilderen', zei ze eens, 'als ik daar zin in heb. Ik trek geen oude kleren aan, ik plak niks af, want als ik aan alle voorbereidingen denk, heb ik al geen zin meer. Ik begin gewoon, en dan ben ik achteraf net zo lang bezig met de troep opruimen en de vlekken weghalen als met het schilderen zelf.'

Dat was exact wat Elisabeth zojuist had gedaan. Ze was gewoon begonnen, op het verkeerde moment, op de verkeerde plek, in de verkeerde kleren. Ze had het in één keer gedaan en nu moest ze alleen nog maar de troep opruimen en hopen dat het daarna beter was dan voor ze aan de klus begon.

Zonder om te kijken loopt ze naar de tramhalte en denkt aan haar kapper, met wie de gesprekken nooit misgaan. De woorden tussen haar en de kapper rinkelen als muntgeld, het zijn snelle, korte melodieën.

'Wat ik nou toch heb.'

'Nou?'

'Die pijn in mijn rug, hè ...'
'Ja, dat zei je.'
'Is toch kanker.'
'Meen je niet.'
'Het zit helemaal vol.'
'Och, meid.'
'Ik heb het zelf gezien. Op de foto's.'
'En nu?'
'Nu kijken ze of ze het kunnen stoppen.'
'En kunnen ze dat?'
'Gaan ze kijken.'
'Gaan ze kijken.'
'Ja.'
'Kind.'
'Niet tegen het meisje zeggen, dat jij het als eerste wist.'
'Ze weet het nog niet?'
'Zo vaak zie ik haar niet.'
'Nee hè?'
'Niet vaker dan jij.'
'Ze moet weer geverfd.'
'Verft ze het?'
'Highlights.'

Geen woord is ongepast bij de kapper. Als hij haar haar föhnt, spreken ze luid. Ook woorden die op andere plekken gefluisterd worden, mag zij daar boven het lawaai uit schreeuwen.

Dan roept de kapper: 'Die vrouw hierboven is niet helemaal goed!'

Elisabeth vraagt: 'Wat heeft ze dan?'

De kapper zegt: 'Beroerte, denk ik.'

Elisabeth: 'Praat ze raar?'

De kapper zet de föhn uit en doet de bovenbuurvrouw na.

Soms zit er een klant te wachten, een man die een tijdschrift leest. Natuurlijk weet de kapper dat hij alles hoort, maar dat kan de kapper niet deren. De kapper spreekt niet met klanten die niet aan de beurt zijn. Elisabeth heeft moeite met de stille getuige. Zo iemand die er altijd wel lijkt te zijn. Iemand die doet alsof hij niets opmerkt, maar met zijn bestaan de dingen toch ongepast maakt.

Mijn moeder gaat dood, denkt Coco en dat ze die zin hardop wil uitspreken. Ze weet ook tegen wie en ze verheugt zich al op zijn troost. Het gevoel in haar buik lijkt op verliefdheid, dat herinnert ze zich nog heel goed van vorig jaar, al kan het evengoed honger zijn. Vreemd, dat ze zo gewoon doorfietst, nog de weg weet naar de traiteur op de Rozengracht. Het voorsorteren op de grote kruising gaat soepel als altijd, ze gaat diagonaal de tramrails over. Niet dat ze had verwacht dat emoties haar het fietsen op zo'n moment onmogelijk zouden maken, ze is verre van sentimenteel, maar toch verlangt ze naar een passende daad. Ze wil er graag bij stilstaan en dit gevoel lijkt toch echt wel op honger. Zo ver is het niet terug naar de snackbar in de Kinkerstraat die raspatat serveert.

Als ze de snackbar nadert ziet ze dat de blauwe letters op de gevel niet langer De Vork spellen maar Corner Inn, er is een nieuwe eigenaar, en nu weet ze dat het gevoel in haar maag geen verliefdheid is en geen honger maar paniek, want godverdomme, ze hebben toch nog wel raspatat?

Pas na het uitspreken van de bestelling: 'Eén raspatat met en twee frikandellen alstublieft', pas na het afrekenen (heeft hij haar wel goed verstaan?) en nadat de frikandellen het vet in zijn gegleden, pas als de man zich omdraait en de verdekt opgestelde raspatatmachine bedient, zucht ze, draait zich om en neemt opgelucht plaats aan het tafeltje voor het raam, met uitzicht op de sleutelzaak aan de overkant van de straat. Ze zakt onderuit op het harde plastic kuipstoeltje, is gelukkig, denkt kalm: wat was dat andere mooie gevoel ook alweer? en vindt tot haar schrik haar moeders doodsbericht.

Ze staart naar de brandkasten in de etalage van de sleutelzaak, op zoek naar passende gedachten, en is zelf tamelijk tevreden met: straks zal ik kunnen denken: hier zat ik toen ik net had gehoord dat mijn moeder doodging.

De nieuwe eigenaar brengt de patat en frikandellen op een plastic bruin dienblad. Ze neemt het eten niet van het blad af. Ze zou langzaam moeten eten, het liefst in een serene stemming, maar ze doet dat niet.

Als alles op is, zit ze daar roerloos en staart naar de sleutelzaak. Net zo graag als ze het nieuws wil meedelen vindt ze dat je met zoiets moet wachten. Ook weet ze dat het pas half vier is. Zijn laatste cliënt vertrekt om vier uur, dan is hij tegen half vijf thuis.

'Buiten mijn ouders', had ze gezegd, 'ken ik niemand die nog een vaste lijn heeft.'

'Ja,' zei hij, niet voor het eerst, 'je bent te jong voor me.'

Door de telefoon vertellen is jammer, dan mist ze zijn gezichtsuitdrukking. Ze zal bellen en inspreken dat hij zeker bij haar moet eten vanavond, dat ze truffelpasta heeft gehaald aan de andere kant van de stad.

Hans wordt woest. Coco kijkt naar de rode gloed op zijn wangen en is blij, alsof ze raak schiet in de schiettent en er rozen omhoogspuiten.

'Dat vertelde ze je zo?!' zegt Hans, 'op de Overtoom?! "Ik ga dood" op de Overtoom?!'

Coco knikt, wild, als een kind. 'Ja, zo ja, vlak voor ik weg wilde fietsen.'

Hans hangt niet meer tegen het aanrecht, hij staat met zijn handen in zijn zij, zijn buik steekt vooruit. 'En toen ging ze weer? De trambaan over en dat was het?' Zijn ogen zijn groot.

'We bellen wel, zei ze nog.'

'We bellen wel?!' Hij steekt zijn buik nog verder naar voren.

'Ja, dat zei ze.' Coco blijft maar knikken en zegt nog net niet: erg hè?

'En dat was het?' vraagt Hans.

Het water kookt, Coco zet het vuur zachter.

'O ja,' roept ze nu bijna, 'of ik mijn haar had geknipt, vroeg ze ook nog!'

'Wat een afgrijselijke vrouw! Wat moet dat een af-grij-se-lij-ke vrouw zijn.'

Coco glimlacht van oor tot oor. Ze baadt in de verontwaardiging waar hij zo goed in is.

Ze zegt: 'Ach,' en nog eens: 'ach.' Ze laat de truffelpasta heel voorzichtig van de houten lepel in het kokende water glijden en wacht op meer verontwaardiging, hardere uitroepen.

'Je mag de borden op tafel zetten. Over drie minuten kunnen we eten.'

'Ach?' herhaalt Hans.

'Ach,' zegt Coco, 'misschien overviel het haar.'

'Ach?' zegt Hans weer.

'Ach.'

'Ga je zó doen.'

'Hè?'

'Nee, nee, nee.' Hans doet een paar passen achteruit, alsof hij de situatie van een grotere afstand wil bezien. 'Dit ken ik van jou. Mij een beetje zitten voeden met die vreselijke verhalen over je ouders, en dan zelf de redelijke uithangen. "Ach." En maar met nieuwe details komen, mij maar laten schelden en dan ga jij ze lopen verdedigen. Ik ga hier geloof ik maar eens niet aan meedoen. Ik ga hier gewoon geen mening over hebben. Ja, zeg eens, Coco, wat vind jij hier nou van?' Hans kijkt triomfantelijk. Hans dekt geen tafel en de pasta is over twee minuten klaar.

'De borden', zegt ze. Hans pakt de borden.

'Nou?'

'Misschien had ze het ... anders moeten brengen?'

'Ik weet het niet, zeg jij het maar.'

Coco kijkt naar de klok op de magnetron en voelt dat het feest bedorven is.

Hans blijft niet. Hans moet werken.

'Een cliënt?'

'Ik moet werken.'

'Een cliënt?'

'Leeswerk.'

'Je kunt hier lezen.'

'Schatje toch,' hij kust haar op haar voorhoofd, 'ik bel je voor ik ga slapen, goed?'

Ze knikt langzaam.

'Of je moet zeggen: het is heel belangrijk voor me dat je blijft.'

Coco zegt niets. Ze weet niet wanneer het belangrijk is. Het lijkt een joker, die je maar eenmaal mag inzetten. Ze bewaart 'm.

Ze heeft hem een jaar geleden ontmoet in de wasserette. Een man van middelbare leeftijd die niet wist hoe een wasmachine werkte. Ze had zelf net haar was erin gedaan en vroeg zich af of ze weer naar bed zou gaan of ergens koffiedrinken. Ze vermoedde dat ze nog dronken was van de avond ervoor en dat de hoofdpijn later zou komen. Toen kwam hij binnen. Ze zat nog gehurkt voor de machine. Hij droeg zo'n dure lange zachte wollen jas. Hij bleef staan voor de machine naast haar. Onder zijn ene arm had hij een boek en een krant, onder zijn andere een grote leren weekendtas met was. Hij zakte door zijn knieën, de zachte jas raakte de tegels. Hij opende de machine en deed er zijn bonte én witte was in. Hij had een vers uitgeschoren nek, nog een beetje rood, net naar de kapper geweest. Hij staarde naar het apparaat, zij staarde naar hem. Ze vroeg zich af of hij een piano had.

Hij zuchtte en ze wilde zeggen: geef mij de was, jongen, kom hier, laat mij het doen. Alsof ze ook wist dat ze hem zo hulpeloos nooit meer zou meemaken, dat het nu moest gebeuren, anders verdween die man met zijn zachte jas, zijn uitgeschoren nek en piano zo weer uit haar leven.

Heel zacht begon ze tegen hem te praten. Zodat niemand zou horen dat ze hem hielp.

'Je moet die echt witte spullen er even uit halen. Die gaan verkleuren.'

Hij keek haar aan, en deed niets. Ze dacht dat het te intiem was om aan zijn was te zitten, maar deed het toch. Ze trok twee witte handdoeken en een T-shirt uit de wasmachine.

'Verder nog?'

Hij schudde langzaam van nee.

'Je neemt het bonte wasprogramma op veertig graden. Hier. Veertig graden is altijd goed. Of zit er wol tussen?' Hij schudde weer van nee. 'Heb je wasmiddel bij je? Of wil je van hier?'

'Van hier?'

'Dat is vies.' Ze haalde het pak waspoeder uit haar tas. 'Neem dat van mij maar. Twee scheppen. In het laatje daar. Rechtervak, links is voorwas.'

Hij nam het pak niet aan, dus vulde zij het vak met waspoeder. Ook deed ze er haar eigen wasverzachter in. Terwijl ze bezig was bleef hij haar bekijken.

In plaats van haar te bedanken zei hij: 'Dat doe jij goed, zoals jij mij helpt, jij hebt didactische kwaliteiten, daar moet jij zeker iets mee doen.'

Hoe hij hun rollen zo snel probeerde om te draaien vertederde haar. Hij werd er nog hulpelozer van: een man die zich niet kon laten helpen.

Hij stond op en ging op het bankje tegen de muur zitten. Hij liet zijn boek op schoot liggen, vouwde de krant open en zij zei hem niet dat je de eigenaar gewoon een euro extra kon geven, dat hij dan alles voor je in de droger overlaadde en later opvouwde en dat je hier niet hoefde zitten wachten. Ze ging naast hem zitten en vroeg een deel van zijn krant.

'Welke deel wil je?'

Ze wilde niet antwoorden: maakt niet uit, en zei: 'Economie graag.'

Ze zweeg en voelde zijn lichaamswarmte, rook een vage geur van parfum. Ze deed alsof ze de beursberichten las en hield haar hoofd een beetje schuin, om dichter bij hem te komen. Ze had haar hoofd in zijn schoot willen leggen, op die wollen jas.

Ze zou willen zeggen: 'Als jij dat wilt, dan blijf ik thuis vanavond.' Ze zou nergens meer heen hoeven. Ze dacht aan haar vrienden, met wie ze gisteren in de kroeg had gezeten, en hoe ze ze allemaal zo zou inruilen voor een man met een piano.

Alhoewel ze die middag haar was zelf droogde en vouwde, gaf ze de eigenaar later toch nog een euro, en ook haar telefoonnummer, zodat hij haar zou bellen wanneer de hulpeloze man zijn was bracht. Ze hield meteen van hem, op een concluderende wijze. Dus dit is 'm nou, dacht ze, als een moeder die haar pasgeboren kind bekijkt, dus dit is 'm. Er was niets meer aan te doen.

Die tweede keer in de wasserette had ze met opzet weinig was meegenomen.

Ze knikte naar haar tas: 'Als het niet te intiem was,' zei ze, 'zouden we alles net zo goed in één machine kunnen doen.' Ze lachte meisjesachtig en gaf hem alle gelegenheid de doortastende man te zijn. Met een ferm gebaar nam hij de tas van haar over en stopte haar was in zijn machine. Later zou hij zeggen dat het zijn idee was geweest.

De eerste keer dat ze samen iets gingen doen deelde hij het mee: 'Wij gaan uit eten. Ik nodig jou uit.' Het klonk als een gift. Ze vond het amusant dat hij haar commandeerde en omdat ze het amusant vond dacht ze dat het niet erg was om te worden gecommandeerd.

Hij haalde haar op, hij droeg een pak. In het restaurant probeerde ze te zien welk lichaam er onder het jasje schuilging. Ze hield al van zijn lichaam voor ze het gezien had. Hij vertelde haar van zijn scheiding, die er officieel 'nog niet doorheen was'. Hij had geen piano. Hij vond het mooi dat ze Russisch sprak. Hij vroeg haar alle gerechten in het Russisch te vertalen. Ze was zo veel jonger dan hij, maar ze kon gelukkig één ding dat hij niet kon. Zonder dat Russisch was het nooit wat geworden.

Toen ze de eerste keer neukten, die avond, in zijn bed, in het kleine appartement boven zijn praktijk, keek ze hem aan, 'met grote bange ogen', zal hij later zeggen. Het ging hard. Het deed pijn en ze dacht: als ik het niet als pijn zie, dan is het niet erg als het pijn doet.

Hij vroeg het nog. 'Doe ik je pijn?'

'Nee', zei ze.

'Je kijkt alsof ik je pijn doe, dat is niet fijn.'

Ze zou anders proberen te kijken.

'Waarom Russisch gaan studeren?' vroeg hij haar en ze vertelde hem hoe het begonnen was. Dat ze een interview met iemand had gelezen die over een boek sprak van Vera Panova en dat hij het 'een vriendelijk boek over aardige mensen' had genoemd. Die zin had haar buitengewoon kalm gemaakt. Alsof ze toen pas merkte dat ze rusteloos was. Die kalmte was zo overweldigend dat ze aan niets anders meer kon denken dan die kalmte en de kalmte werd obsessie en weer onrust. Ze was driftig gaan zoeken naar dat boek, dat niet in het Nederlands leek vertaald. Van het een was het ander gekomen, nu was ze derdejaars Russisch. Het boek bleek er wel in het Nederlands te zijn. De titel had niet juist in het interview gestaan.

Hij vond het een mooi verhaal. Hij wist toen nog niet dat het verhaal geen vervolg zou krijgen. Dat ze na drie jaar nog steeds alleen maar Russisch studeerde vanwege die ene zin: 'een vriendelijk boek over aardige mensen'. Er hadden redenen bij moeten komen. Ze was als een oude man die na veertig jaar huwelijk zegt: ik ben met haar getrouwd omdat ze zulk mooi haar had.

Hans nam haar mee naar musea. Ze reden uren voor kleine exposities. Hij nam haar mee naar restaurants waar ze de jongste gast was. Daar dronken ze veel verschillende wijnen na elkaar. Het was een manier van drinken die ze niet kende. Drinken was altijd iets geweest wat rechtdoor ging, van eenzelfde ding heel veel tot je nemen. Alsof je een liedje instudeerde. Voortgaan in een gestaag tempo, tot je er was, tot je het snapte en dacht: eigenlijk is het helemaal niet zo'n moeilijk liedje, had ik daar al die tijd, al die glazen voor nodig? Dat met al die verschillende wijnen was een verwarrend slalompad door het hoofd.

Hij vroeg haar dingen, doorlopend.

Wat denk je nu? Wat gebeurt er nu? Wat voel je dan? Hoe ziet dat eruit?

Eerst overviel het haar. Ze opende vaak haar mond zonder dat ze iets zei, bang om woorden te geven aan al haar gedachten. Totdat elk antwoord goed bleek. Geen gedachte vreemd werd gevonden. Het was nieuw, alsof ze voor het eerst Nederlands sprak.

Hij kocht moeilijke kleren voor haar: blouses met horizontale plooien. Hij zei dat alles haar stond. En zij dacht: ik kan iedereen zijn, maar dit is het dus geworden. Studeren deed ze steeds minder.

Het was prettig als hij meeging naar haar vader en haar stiefmoeder. Ze lagen elkaar wel, hij nam de boel over, zij kon rustig toezien. Haar moeder had hij nooit ontmoet. Op de verjaardagen waarop ze kwam, kwam hij niet.

'Ik hou niet van feestjes, maar dat moet je niet persoonlijk opvatten.' Dat deed ze dan ook niet.

Toen ze zes maanden samen waren, was ze te dik geworden voor de blouse met horizontale vouwen. Natuurlijk vond hij dat niet erg. Alle Russische liedjes die zij kende, kende hij nu ook wel.

Op de avond dat ze weet dat haar moeder zal sterven, is ze alleen en ze eet in bed Caramac en Toffifees. Het is het snoep dat ze eet als hij het niet ziet, omdat ze haar kinderlijke smaak liever verbergt. Ze weet dat hij haar gaat verlaten. Hij kan haar tevredenheid niet langer verdragen. Hij heeft nooit op haar kunnen jagen. Op een dag was ze er gewoon en hij mocht haar hebben. Een tijdje ging het goed, hij was net gescheiden en hield even van dingen die helder waren. Na een jaar was dat wel genoeg.

Maar nu is er die zieke moeder, zulke zaken boeien hem. Het zal hem even bezighouden. Zo snel zal ze niet sterven. Misschien dat er in die tijd nog iets te redden valt. Coco weet ook niet hoe, ze weet alleen dat er nog tijd is en dat is het eerste wat ze nodig heeft.

Over twee dagen gaan ze uit eten met haar vader en haar stiefmoeder. Coco stelt zich voor hoe ze het hun zal zeggen. Alweer verheugt ze zich.

Ze hoort het Hans vragen: 'En waar precies verheug je je dan op?' Maar dit keer heeft ze geen zin om te antwoorden.

Elisabeth moet langs de lijstenmakerij als ze naar de kapper gaat. Het is nog vroeg, alleen Martin is er.

Op een dag werd het trillen te erg. Ze stond aan de grote werktafel in het midden van de ruimte, haar tafel. Ze legde haar kwast neer, wachtte en pakte hem weer op. Dan ging het weer even. Op een dag stond ze alleen nog maar te wachten tot het trillen stopte. Toen ze voor het eerst een dag thuisbleef voelde het slechts als een nog langer wachten.

'Elisabeth!' zegt Martin. Hij lacht en loopt op haar af, maar ze steekt haar beide handen uit, houdt ze vlak voor hem in de lucht.

'Zodra ik iets tegen dat trillen heb gekregen,' zegt ze, 'kom ik weer terug.' Ze kijken samen naar de bevende vingers.

'Het zijn net kleine visjes', zegt Elisabeth.

Martin pakt haar handen vast en zegt: 'Goed om je te zien.'

'Ik ben niet gek, Martin, ik weet dat het niet beter wordt, maar er zijn spullen om het te onderdrukken.'

'Dat zou mooi zijn,' zegt Martin, 'dat zou geweldig zijn.'

'Je gelooft me niet.'

'We kunnen je hulp goed gebruiken,' zegt Martin, 'de beurs is volgende week.'

'Jij denkt niet dat ze het kunnen onderdrukken?'

'Elisabeth, dat zou geweldig zijn, we hebben je nodig.'

'Nou, reken er maar niet op.'

Martin lacht.

'Waarom lach je?'

'Wil je koffie?'

'Ik kan niet blijven, ik moet naar de kapper.'

'Wil je er veel af?' vraagt de kapper.

'Beetje in laagjes,' zegt Elisabeth, 'ik laat het lang groeien.'

'Je laat het weer lang groeien?'

'Ja', zegt ze.

'Dat kan wel even duren.'

'Binnen twee jaar is het lang.'

'Ja,' zegt de kapper, 'binnen twee jaar wel.' Ze kijken samen in de spiegel. Hij houdt zijn hoofd wat schuin. 'Wat zegt de dokter?'

'Dat ik het moet delen.'

'En doe je dat?'

'Ik vind dat moeilijk.'

'Ja?'

'Ja.'

'Was ik het eerst even.'

'Het is net gewassen.'

'Waarom doe je dat nou?'

'Ja, stom hè?'

'Het moet tóch natgemaakt.' Hij schuift de wastafel onder haar hoofd. 'Hoe is het op de zaak?'

'Druk hè? KunstRAI volgend weekend.'

'En gaat dat nog?'

'Nu even niet, hè.'

'Nee, nu even niet.'

'Ik tril.'

'Ik zag het.'

'Anders kon het wel.'

Hij zet de sproeier aan. 'Is het te heet?'

'Nee.' Ze zegt altijd nee.

'Je wordt nog wel behandeld?'

'Nu niet.' De sproeier gaat uit. Water loopt in haar nek.

'Uitbehandeld?'

'Gewoon nu even niet.'

'Nu even niet, nee.' De shampoofles is bijna leeg.

'Precies genoeg', zegt de kapper. Hij staat achter haar en masseert haar hoofd. 'Doen ze prognoses?'

'Je kunt er niks van zeggen, hè?'

'Nee, hè?'

'Wordt het dunner?'

'Kan ik niet zeggen, nee.'

'Kan weken duren, kan maanden duren. Dat is het eigenlijk.'

'Maar geen jaren?'

'Nee, geen jaren.'

'Weet Coco het al?'

'Ja.'

'Wat zei ze?'

'Vond het erg, hè.'

'Tuurlijk.' Hij zet de sproeier weer aan en spoelt de shampoo uit.

'Wat wordt ze groot, hè?'

'Drieëntwintig al.'

'Ik bedoel "fors", "groot", "dik".'

'Ja, nou hè, die blijft maar groeien.'

'Nou.'

'Als je dik bent kun je beter je haar niet zo kort knippen.'

'Dat zei ik ook, maar ze wil het kort.'

'Zó kort?'

'Misschien niet zo kort.' De kapper pakt een handdoek en droogt haar haar.

'Waarom knippen kappers altijd korter dan je wilt?'

'Anders heb ik het gevoel dat ik niet echt iets heb gedaan.'

'O ja.'

'Ga maar overeind zitten, hoor. Weet Wilbert het al?'

'Ik weet het niet. Coco zal het wel zeggen. Hier komt hij ook niet meer. Toch?'

'Allang niet meer. Zag 'm vroeger nog wel 's in het café hier, maar dat is ook al jaren terug.'

'Drinkt niet meer, hè?' zegt Elisabeth.

'Door die vrouw hè?'

'Ja.'

'Misschien ook maar beter.'

'Ach.' Ze haalt haar schouders op.

De drankjes zijn al besteld. Coco's vader en stiefmoeder (die liever Miriam wordt genoemd) zitten nog met de grote menukaart in hun handen. Hans heeft de kaart neergelegd, zijn vingers bij twee verschillende gerechten. Hij wil de bami met garnalen maar dan met tong en een andere saus.

Coco vindt het ineens vreemd om te wachten met de mededeling tot het voorgerecht. Toch heeft ze al gewacht tot het woensdag was, tot ze hier waren, tot ze hun jassen uit hadden, tot ze zaten, maar nu het bijna zover is, vindt ze haar perfecte timing banaal.

'Ik denk Ti Pan tong', zegt haar vader.

'Mama is ziek', zegt Coco.

'Ziek?' vraagt Miriam. 'Heb je haar gezien?'

'Kwam haar tegen op de Overtoom.'

'Wat heeft ze dan?' vraagt haar vader.

'Ernstig,' zegt Coco, 'ik bedoel ernstig ziek.'

Haar vader en stiefmoeder leggen de menukaarten neer.

'Kind, wat is er aan de hand?' vraagt Miriam.

'Kanker.'

'Wat voor kanker?' vraagt haar vader.

'Nieren, geloof ik. Kan dat?'

Miriam zegt: 'Jeetje, meisje, en dat zeg je ons nu? Sinds wanneer weet je dit?'

'Maandag.'

'Waarom heb je ons niet gebeld?'

'Ik zeg het nu toch.'

'Gaat ze dood?' vraagt haar vader.

'Ik denk het', zegt Coco. Hans zit zwijgend naast haar als

een reeds ingewijde die keurig zijn beurt om te spreken afwacht.

'Zegt ze dat?'

'Niet met zoveel woorden, maar ze wordt niet meer behandeld.'

'En daar loop je al sinds maandag mee rond?' zegt Miriam. 'Waarom heb je dan niet gebeld?' De serveerster nadert. Miriam steekt een hand uit, als een verkeersagent die een auto moet stoppen. De serveerster houdt onmiddellijk haar pas in.

'Laat ons nog maar even', fluistert Miriam.

'Zullen we een keer de rijsttafel nemen?' zegt Coco. 'Lijkt me leuk om een keer met z'n allen de rijsttafel te nemen.'

'Maar natuurlijk, meisje', zegt Miriam.

'Ja hoor', zegt haar vader. Iedereen kijkt nu naar Hans.

'Ik had me eigenlijk heel erg verheugd op die saus van de vorige keer en dan met tong, dat leek me zo'n goeie combinatie.'

'Het hoeft niet ...'

'Nemen wij toch de rijsttafel', zegt Miriam.

'Het is per twee of per vier personen', leest haar vader.

'Wat een onzin,' zegt Hans, 'als je een rijsttafel voor twee personen kunt maken, kun je er ook een voor drie personen maken.' Hij steekt zijn hand al op.

'Mevrouw? Mevrouw?'

De serveerster komt naar hun tafel.

'Wij willen een rijsttafel voor drie personen ... en ...'

'Rijsttafel kan voor twee en voor vier personen.'

'Dan willen wij anderhalve rijsttafel.'

'Het kan alleen per twee of per vier personen.'

Coco zegt: 'Nemen we toch de vierpersoons, het komt wel op.'

'Nee, dat is onzin,' zegt Hans, 'Chinees is altijd te veel.'
'Nemen we de tweepersoons', zegt Coco.
Hans kijkt de serveerster streng aan en vraagt: 'Maar waarom kunt u geen driepersoonsrijsttafel maken?'
De jonge serveerster krijgt een kleur en herhaalt: 'Het kan alleen voor twee of voor vier.'
'Maar je snapt toch wel dat dat onzin is,' zegt Hans, 'je kunt toch gewoon de hoeveelheden aanpassen? Ik snap best dat jullie geen rijsttafel voor één persoon doen, maar drie is wat anders. Dan maak je die tweepersoonsrijsttafel toch gewoon iets groter?'
De serveerster zegt: 'Ik ga het even vragen.'
'Moet dit nou allemaal?' vraagt Coco.
'Het is gewoon onzin, wat ze zegt,' zegt Hans, 'toch?'
'Ja,' zegt Miriam, die nu onophoudelijk glimlacht, 'het zou natuurlijk moeten kunnen, zou je denken, voor drie personen.'
Een oudere serveerster komt naar hun tafeltje.
'U wilt de rijsttafel?'
'Ja,' zegt Hans, 'wij willen een rijsttafel voor drie personen.'
'Ik zal vragen aan de kok wat hij kan doen.' De serveerster wil de menukaarten aannemen.
'En dan wil ik', zegt Hans, 'graag de bami nummer 35, maar dan met tong, met de oestersaus van nummer 42. Kan dat?'
'Maar natuurlijk, bami 35 met tong met oestersaus.'
Als de serveerster met de menukaarten wegloopt, leunt Hans glimlachend naar achter. 'Zie je, kun je gewoon vragen.'
Haar vader heeft al die tijd met de bierviltjes gespeeld, hij heeft er een huisje van gebouwd. De jonge serveerster nadert met de drankjes en een mandje kroepoek. Haar vader ver-

deelt de bierviltjes snel weer over de tafel. Zwijgend zet de serveerster de drankjes erop.

'Dank je, heerlijk', zegt Miriam, nog steeds glimlachend. Het meisje knikt en loopt weg.

Dan leunt ook Coco naar achter, kijkt naar het nog schone roze tafelkleed en voelt alweer dat fris verheugen, dat steeds maar terugkeert sinds maandagochtend. Dit keer niet alleen omdat het eten nog moet beginnen, maar ook het gesprek. Alsof ook haar moeder, het onderwerp van gesprek, nog nauwelijks aangetast midden op het schone roze tafelkleed ligt. Elisabeth de Wit – ook zonder naderend einde toch al verrukkelijk conversatiemateriaal – zal deze avond de gedachten van het gezelschap niet meer verlaten. De glazen zijn gevuld, de messen zijn geslepen. Coco glimlacht en kijkt tevreden voor zich uit, zich verheugend op een gesprek waarvan ze het verloop al kent, maar dat toch nooit ophoudt haar te vermaken. Hoe de verhalen ook zullen verlopen waarin zij zelf een rol speelt, zij is de jongste, zij is het kind, zij is de onschuld. Ja, zo voelt tevredenheid.

Voor het eerste rieten mandje met kroepoek leeg is, vragen ze zich af, zoals altijd wanneer zij Elisabeth bespreken: is het autisme of op zijn minst asperger? Het is een oude vraag waar al vaak omheen gecirkeld is.

'Maar er is nooit een diagnose gesteld, toch?' vraagt Hans.

'Ze heeft zelf nergens last van', zegt haar vader, 'en Coco kwam daar nog maar een dag per week, en dat ging wel, dus ja ...'

'Er is ook nooit enige discussie geweest,' zegt Miriam, 'waar Coco ging wonen. Anders hadden we het ter sprake moeten brengen natuurlijk.'

'Jullie spraken wel met haar?'

'Ik niet. Wilbert natuurlijk.'

'Toch lijkt het me raar,' zegt Coco, 'heb je ineens een kind van vijf.'

'Ik heb altijd gezegd tegen Wilbert: Coco is welkom. Je dochter gaat voor.'

'Heeft ze altijd gezegd.'

'Toch is het raar.'

'Misschien voelde Elisabeth ook wel dat het beter was', zegt Miriam. 'Ik wil daar niet over oordelen. Maar het was zeker verrassend dat ze het zomaar goed vond. Ik weet nog dat Wilbert het ging voorstellen dat Coco bij ons zou komen wonen. Ik was op de zaak. Ik dacht: dat wordt een drama. Maar nee.'

'Nee,' zegt Coco, 'ik bedoelde, raar om ineens een kind te hebben.'

'O, dat. Nee. Nee, dat vond ik helemaal niet raar.'

'Dat moet je niet zomaar wegwuiven, hoor', zegt Hans.

'Ik kende haar natuurlijk al lang. Wilbert nam haar ook wel mee naar de winkel als het Elisabeth te veel werd en dan paste ik op.'

'Wat gebeurde er dan, als het Elisabeth te veel werd?' vraagt Hans.

'Ach, te veel ...'

'Lekker handig,' zegt Coco, 'en dan Miriam laten oppassen.'

'Ik deed het graag.'

'Altijd alleen thuis zijn met een peuter schijnt afgrijselijk te zijn.'

'Ze werkte ook', zegt haar vader.

'Ja, deeltijd.'

'Waarom neem jij het altijd voor je moeder op?' vraagt Hans.

'Dat doe ik niet.'

'Het gebrek aan empathie mag dan een stoornis zijn,' zegt Hans, 'zij is een volwassen mens dat zich bewust is van deze stoornis en zou op zijn minst pogingen kunnen doen ...'

'Nee!' Coco roept het te hard. 'Dat is niet zo! Het zijn juist die pogingen die het zo erg maken! Als ze ineens ging bellen, o jezus, dat was pas erg. Dacht ze dat ze met me moest praten.'

Het is stil. Miriam en haar vader kijken elkaar aan.

'Wat?' vraagt Coco.

'We dachten dat het goed was als ze af en toe belde', zegt Miriam.

'Was dat jouw idee?'

'Ons idee.'

'Ja,' zegt haar vader, 'dat leek Miriam een goed idee.'

'Dat leek jou ook een goed idee.'

'Ja, natuurlijk.'

'We kunnen je moeder niet verwijten dat ze haar best deed', zegt Miriam.

De jonge serveerster steekt de rechauds aan en Coco zegt tegen haar vader: 'Jij bent met haar getrouwd.'

'Dat is langgeleden.'

'Was ze mooi?' vraagt Hans.

Miriam zegt: 'Het is nog steeds een mooie vrouw.'

'Het is ...' zegt haar vader, 'op een bepaalde manier, ook een heel gemakkelijke vrouw.'

'Op wat voor manier?' vraagt Coco.

'Ze verwacht niet veel.'

'Hè bah,' zegt Miriam, 'kanker.'

‘Ga je haar bellen?’ vraagt Coco.

‘Ik?’ zegt haar vader.

‘Ja,’ zegt Miriam, ‘je moet wel iets van je laten horen.’

Het eten wordt geserveerd door de jonge en de oudere vrouw. Het past niet op tafel.

‘We zetten er een tafeltje bij’, zegt de oudere serveerster.

‘Chinees is altijd te veel’, zegt Hans.

‘Volgens mij is het wel echt ernstig,’ zegt Coco, ‘ze had een hele tas met medicijnen bij zich.’

‘Je moet haar bellen.’ Miriam kijkt haar vader aan. Haar vader schept zijn bord vol. De tong komt op het extra tafeltje te staan.

‘Eet smakelijk’, zegt alleen de oudere serveerster.

‘Ze heeft natuurlijk niemand’, zegt Miriam. Ze schept Coco’s bord vol, daarna pas het hare.

‘Ik zou bij haar kunnen gaan wonen,’ zegt Coco, ze maakt een grap, ‘woon ik lekker dicht bij de universiteit.’

‘Coco,’ zegt Hans, ‘jij bent niet verantwoordelijk voor haar geluk.’

Coco wilde net een hap nemen, maar laat de lepel met rijst en saté in de lucht hangen. De toon van Hans bevalt haar niet en ze wil niet hoeven zeggen dat ze een grap maakte.

Ze zegt het nog eens, heel serieus nu: ‘Ik zou bij haar kunnen gaan wonen. Het is een groot huis.’

‘Coco,’ zegt Miriam, ‘jouw moeder is een volwassen vrouw.’ Ze praat hard.

‘Jij bent haar niets schuldig’, zegt haar vader en hij steekt zijn vinger naar haar uit.

‘Luister naar ze’, zegt Hans zacht. Haar vader en stiefmoeder hellen voorover, naar haar toe. Hans legt een hand op haar been. Coco is verrast door het fanatisme van haar familie. Heeft zij dit veroorzaakt? Natuurlijk, ze is dol op kwaadspreken over haar moeder, maar het moet wel leuk blijven. Ze denkt niet aan haar moeder als ze spreekt, ze weet alleen dat ze nu niet bij deze mensen wil horen.

'Het is mijn moeder,' zegt ze rustig, 'en ze gaat dood.'

'Het is je moeder!' roept haar vader, 'Miriam heeft jou godverdomme meer opgevoed dan zij!'

'Wilbert', zegt Miriam, ook hij krijgt een hand op zijn bovenbeen.

'Niemand heeft Miriam gevraagd om mij op te voeden,' zegt Coco, 'het was haar eigen plan.' Het is stil. Alleen haar vader eet.

'Jouw moeder,' zegt hij met volle mond, 'jouw moeder ...'

'Wilbert', zegt Miriam.

'Jouw moeder sloot jou op, op je kamer. Toen je twee was. Twee.' Hij steekt twee vingers in de lucht en kijkt haar aan. Coco hoort nauwelijks wat hij zegt, ze ziet alleen die kwade blik.

'Je zegt het alsof het mijn schuld is.'

'Hoor je wat ik zeg?'

'Wilbert,' zegt Miriam, 'ik vind dit niet correct.'

'Je liegt het', zegt Coco.

'Ik lieg niet.'

'Waar was jij dan? Hoe weet je dat?'

'Als ik thuiskwam, lag jij op je kamer te krijsen.'

'Je was er dus niet, je weet helemaal niet wat er gebeurde als je er niet was.'

'Godverdomme, Coco, ze sloot je op. Twee jaar. Ze sloot je gewoon op, op je kamer.'

'Wist je dit niet?' Hans fluistert bijna. Ze slaat haar benen over elkaar zodat zijn hand van haar schoot valt.

'En toen?' vraagt Coco, 'toen je me krijsend op mijn kamer vond? Wat deed je toen?'

'Ik dacht dat ze overspannen was. Ik ben een paar dagen thuisgebleven.'

'Je bent een paar dagen thuisgebleven.'

'Ik heb de zaak gesloten ja.'

'Een week?' vraagt Coco.

'Een paar dagen', zegt haar vader.

'Vier?'

'Zoiets.'

'Drie?'

'Of twee.'

'Of één dag?'

'Ik weet het niet meer precies.'

'Eén dag?'

'Je kunt een winkel niet gewoon een week dichtgooien, Coco, dat kan niet.'

'Een hele dag thuisgebleven,' zegt Coco, 'hoeveel omzet loop je dan mis?

'Nou, wat zal dat toen zijn geweest? De zaak liep goed toen, een dag dicht, dat tikt aan, hoor.'

'Als het níét goed loopt kan die wel een dag dicht?'

'Dan kun je je dat niet permitteren, een dag dicht.'

'Kan dus gewoon niet, een dag dicht.'

'Eigenlijk kan het niet.'

'Ik ga bij haar wonen.'

'Coco, alsjeblieft,' zegt Hans nu hard, 'je bent net een puber.'

'Je zegt het alleen maar om ons te stangen', roept haar vader.

'Lieverd,' zegt Miriam met een veel te hoge stem, 'heb je

hier al met iemand over gesproken?' Ze kijkt Hans aan.

'Ze zegt maar wat', zegt Hans.

'Godver', zegt Coco, ze schuift haar stoel naar achter.

'We maken ons alleen maar zorgen', zegt Miriam.

'Hoe kan het toch', vraagt Coco, 'dat mensen die zeggen voor je te willen zorgen tegen je schreeuwen?'

Daar hebben ze goede antwoorden op, die lang duren. Coco weet niet wat erger is: als mensen hard tegen je praten of als ze lang tegen je praten.

Coco staat in zijn huiskamer, naast het dressoir, de deur van de slaapkamer achter haar. Hij zit in zijn leren stoel, een glas whisky in zijn hand en kijkt naar haar. Ze draagt alleen nog een strak wit T-shirt en heeft een nieuwe roze onderbroek aan. De stof is glad aan de voorkant, doorzichtig van achter. Ze draait zich een klein beetje van hem af, billen naar hem toe en wacht op een geluid van hem, een zucht, een kreun. Niets. Ze draait zich terug. Hij beweegt niet. Alsof je een steen in het water gooit en er rimpelt niets. Tot nu toe was het simpel geweest. Jong en mooi zijn en af en toe iets uittrekken en dan volgde hij, nam het over en slaakte zij verbaasde kreten. Nu is hij massief, samengevallen met de stoel waarin hij zit en is zij een ongemakkelijke roze big. Varkensbillen.

Onderweg naar huis op de fiets heeft ze gezegd dat ze even niet meer over haar moeder wil spreken.

Ze heeft geprobeerd lief te klinken toen ze zei: 'Laat het maar even, ja?'

Ze trekt haar rug hol. Billen naar achter. Haar buik is te dik geworden voor die houding.

'Wil je echt niet wat drinken?' vraagt hij. Hij vroeg het eerder al. 'Eén drankje?'

Ze is gestopt. Het ging heel geleidelijk. Ze dronk gewoon elke dag minder, aanvankelijk onmerkbaar, niets om je zorgen om te maken, maar op een gegeven moment dronk ze hoogstens één glas per dag en toen begon ze er last van te krijgen en liet ook dat laatste glas staan.

'Ik kan er niet tegen, alcohol,' zegt Coco, 'dat weet je.' Hij drinkt veel. Elke dag maakt hij een nieuwe fles wijn open, maar ze heeft hem nog nooit dronken gezien. Hij verandert niet als hij drinkt. Ze draait zich weer een beetje van hem af, zodat hij haar billen door de doorzichtige stof kan zien.

'Ga je naar bed?' vraagt hij. Ze slaapt veel de laatste maanden. De dagen worden almaar korter. Soms eindigt de dag om negen uur. Als een getrainde monnik die zijn hartslag kan vertragen en versnellen, zo kan zij zichzelf laten slapen, elke avond vroeger. Ze draait zich nog verder om.

'Ga maar slapen', zegt hij. Ze heeft het koud, haar tepels zijn hard. Ze draait zich naar hem toe. Hij kijkt alweer naar zijn glas.

'De eerste keer dat ik dronk was ik dertien', zegt ze. 'Het was op een klassenavond.' Ze hoort hoe kinderlijk het woord 'klassenavond' klinkt en ziet aan Hans dat dat het enige is wat hij hoort en dat hij geen benul heeft van de zwaarte die erachter ligt. 'Ik kon niet meer stoppen,' zegt ze, 'ik wilde niet meer stoppen ... Ik kon alles. Ik kon denken.'

Hij glimlacht. 'Ga maar lekker slapen, joh.'

'Meneer Polderman, mijn leraar Frans, bracht me naar huis omdat ik te dronken was om te fietsen. In die auto ... het was goed in die auto. Ik kon iedereen aanraken.'

'Aanraken?'

'Snap je?'

'Nee.'

'Ik was niet alleen. Ik was ook … Ik was ook meneer Polderman. Snap je?'

'Ik denk het.'

'Ben jij weleens dronken geweest?'

'Ik weet precies wanneer ik moet stoppen', zegt hij en het klinkt als iets waar hij trots op is.

'Mijn onderbroek is doorzichtig', zegt Coco.

'Ik zie het', zegt Hans.

'Alleen van achter.'

'O ja?'

'Kijk.'

'Ja.'

'Hij rimpelt zo raar van achter', zegt Hans.

'Dat hoort.' Ze bukt een beetje en trekt met twee handen de stof om haar billen strak.

'Kijk, die naad in het midden die is zo gerimpeld, dat hoort. Ik weet ook niet precies wat het idee erachter is.'

'Grappig.'

'Was niet eens goedkoop.'

Elisabeth aait de tafel. Het oude houten blad is bekrast, het heeft donkere plekken van vet dat erin is getrokken, maar het oppervlak is schoon. Elisabeths ogen zijn vochtig, ontroerd door het tafelblad, dat ze net zelf grondig heeft schoongemaakt en nu zo glad is, zacht bijna, als huid. De oppervlakte voelt als één geheel terwijl er zo veel lagen zichtbaar zijn; het blanke hout in de diepte, de lak, de vlekken. Ze aait al die tijden en denkt aan de lijsten die ze verguld heeft: het blanke hout, de rode onderlaag, het bladgoud, de patine. Het geluid van de telefoon achter haar mengt zich met het tafelblad, alsof het geluid ook een ding is. Ze verroert zich niet, blijft aaien, aait het geluid, voordat ze dan toch … ontwaakt? Ja, ze lijkt te ontwaken, maar dan in een nieuwe droom, want even langzaam en zorgvuldig als ze de tafel streelde, zo staat ze nu op, loopt zonder enige haast naar het dressoir, neemt daar de telefoon vanaf, als was het de eerste maal in haar leven dat ze het deed.

'De Wit', zegt ze langzaam.

'Met Coco.'

Haar meisje klinkt licht. Jong.

'Dag meisje', zegt ze.

'Mama …'

'Ja?'

…

'Ik … kom bij je wonen.'

…

'Ik kom bij je wonen, mama.'

Elisabeth glimlacht, alsof ze een nieuw vreemd woord heeft gehoord: bijjewonenmama. Het komt door de stem van haar dochter, die anders is dan gewoonlijk. Meestal klinkt ze rasperig en iets te langzaam, nu is de stem helder, sneller ook.

'Ik wil niet dat je alleen bent, nu, nu je ziek bent', zegt die heldere stem. Elisabeth hoort heus wel wat haar dochter zegt, maar meer nog hoort ze dat mooie geluid, dat ze niet wil verjagen.

Dus zegt ze, net zo mooi en net zo snel: 'Maar dat is helemaal niet nodig, dank je wel. Werkelijk heel vriendelijk, maar nodig zeker niet. Is er nog iets anders waarom je belde?' In de stilte die volgt is ze bang dat de heldere stem van haar dochter weer verdwenen is.

'Coco?'

Maar dan zegt haar dochter, net zo mooi en net zo rap: 'Morgenmiddag kan Hans me bij je afzetten ... Ik heb hier een grote koffer. Zo gepakt.'

'Morgenmiddag?' vraagt Elisabeth – morgenmiddag is dichtbij, morgenmiddag is echt – 'Wacht even.' Het is stil. Coco wacht. Elisabeth moet iets zeggen.

'Hans?'

'Mijn vriend.'

'Dat weet ik toch.'

'Ja?'

'Het is handig dat je een vriend hebt met een auto.'

'Mooi', zegt haar dochter.

'Nee', zegt Elisabeth.

'Wat?'

'Dat kan toch niet.'

'Ik wil het.'

'O', zegt Elisabeth.

'Ik wil het echt.'

'O', zegt Elisabeth.

‘Goed?’ vraagt Coco.

‘Maar natuurlijk’, zegt Elisabeth, omdat dat nu een mooi antwoord is. Niet aan morgen denken.

Al voor de verbinding weer is verbroken is de maagpijn begonnen. Het is de maagpijn die ze al drieëntwintig jaar lang niet meer heeft gevoeld. De eerste weken na Coco’s geboorte kwam het een paar keer per dag. Ze wist toen niet of het angst was of maagzuur. De dokter kon zo snel niets vinden. Heel langzaam wende het lichaam eraan.

Rond enen zal ze komen.

‘Of moet je ergens heen?’ had Coco nog gevraagd. Nee, ze hoefde nergens heen.

Elisabeth kijkt naar haar tafel, de telefoon nog in haar hand. Net was de tafel nog zo mooi. De tafel die op één moment alles liet zien. Nu is het houten blad weer smerig, versleten. Niets blijft heel.

‘Daar ben ik’, zegt de dochter. Ja, daar is ze. Een grote vrouw met een koffer in haar portiek, precies zo laat als ze gezegd had. Elisabeth wil gewoon ‘ja’ zeggen, maar ze krijgt geen adem en knikt alleen maar.

‘Maagzuur’, zegt ze.

‘Daar ben ik dan’, zegt Coco weer. Ze ziet er jong uit. Ze lacht, zoals ze als kind lachte. Elisabeth ziet nog net de matgrijze Mercedes van Hans wegrijden. Een prachtige tint, die ze nooit eerder op een auto heeft gezien. Je moet ze complimenteren, kinderen.

‘Het is mooi,’ zegt Elisabeth, ‘dat matgrijze.’

Haar dochter draait zich om en kijkt de auto na.

Ze stapt opzij om haar dochter binnen te laten. Ze drukt

zich tegen de muur aan om ruimte te maken voor het grote dochterlichaam. Het lichaam beweegt niet.

'Jezus,' zegt Coco, 'dit slaat nergens op.'

Elisabeth zucht en lacht.

'Godver', Coco kijkt naar haar voeten. Elisabeth staat nog steeds tegen de muur gedrukt.

'Wat wil je nou?' vraagt ze aan haar dochter.

Coco kijkt op. 'Ik wou dat het normaal was, dat ik hier stond.'

'Maar dat is het niet', antwoordt Elisabeth meteen, maar ze voegt er ook aan toe: 'Of wel?'

'Godver, klotekoffer.'

'Kom eerst maar even binnen', zegt Elisabeth. Coco trekt de zware koffer de drempel over.

'Kom maar even', zegt Elisabeth weer. Ze komt *even*, denkt ze, Coco komt gewoon *even*. 'Even' is een prima woord. Coco rolt de koffer de gang in, tot aan de trap achterin. Elisabeth wil haar dochter helpen, zij moet dit ook willen.

'Zet 'm maar even boven,' zegt ze, 'zet 'm gewoon even op je ouwe kamer en dan ...'

'En dan zien we wel', zegt Coco.

'Ja, we zien wel even.'

Elisabeth kijkt toe hoe Coco de koffer tree na tree naar boven sleept, schurend langs het hout, alsof het huis kapot moet. Er gaat veel gewicht naar boven, maar Elisabeth kijkt ernaar zoals je naar iets kijkt wat valt en waar je geen invloed meer op hebt. Een glas dat nog niet kapot is, maar het zo wel zal zijn.

Als Coco niet meer zichtbaar is op de trap draait Elisabeth zich naar de ovale spiegel met de gouden lijst aan de muur. Ze kijkt naar haar eigen gezicht en hoort Coco's voetstappen op de overloop, in haar oude slaapkamer, weer op de overloop, badkamer nu. In de spiegel van de kapper is haar gezicht langer dan hier thuis.

Ooit was haar meisje zo'n wachtende klant, een getuige van wie je geen last lijkt te hebben maar die alles toch ongemakkelijk maakt. Hoe ouder haar dochter werd, hoe opzichtiger ze ging toekijken. Alsof er iets bijzonders te zien was. Hoe ouder haar dochter, hoe vreemder Elisabeth. Haar dochter maakte haar vreemd.

Nu is het alsof de wachtende klant in de kapsalon genoeg heeft van de gemakkelijke woorden, van al het gepaste, en met groot misbaar zijn tijdschrift neerlegt en zegt: 'Zo, om even terug te komen op wat jullie daarnet zeiden ...'

Ze hoort haar dochter de trap af komen en met elke tree die ze neemt wordt Elisabeth banger voor de woorden van haar dochter. Haar schouders krimpen, alsof de woorden er al op zijn neergedaald. Alsjeblieft geen dochterwoorden, alleen kapperwoorden. Ze kan het, haar dochter kan het, ze klonk gisteren toch kwiek en licht, ja toch? Enkel die toon terugvinden, de juiste toets aanslaan.

'Boterham?' probeert ze.

'Ja', zegt Coco.

Mooi. Een boterham is goed. Huppekee, denkt Elisabeth, lichte woorden denken nu, even een boterham, huppekee.

Het is niet niks, ieder om de beurt met het eigen mes in het boterkuipje en in dezelfde jampot. Het geluid van mes tegen glas, mes in gelei. De geluiden in de keuken zijn nat en intiem. Ze mist de klanken van de lijstenmakerij, de doffe klap van de hakmachine, het puffen van de krammer.

Toen ze niet meer kon werken had ze inderdaad afscheid

willen nemen, maar dan van de klanken in het huishouden, de geuren uit de keuken. Ze had een bed in de zaak willen zetten en zeggen: nu is het klaar, nu hoef ik nooit meer naar huis, nu is het eindelijk klaar en blijf ik tussen hout en verf en lijm. Tussen papier en glas.

'Ben je bang?' vraagt haar dochter.

Benjebang benjebang benjebang, bangjeben, bangjeben bangjeben.

'Ja,' zegt Elisabeth, 'daar zal ik even over nadenken', want ze weet dat als ze te snel antwoordt haar dochter haar niet gelooft. Benjebang. Benje banje benje. Voor de dood natuurlijk. Voordedood. Voordedood. Of toch weer niet begrepen? Gebeurt vaker. Gewoon vragen. Even maar. Huppekee.

'Bang waarvoor?'

'... om dood te gaan.'

'Ja, dan had ik het toch goed!'

'Wat dacht je dan?'

'Ik dacht: misschien dacht ik het niet goed, dus ik vraag het even. Snap je?'

'Ja, maar waar dacht je dan over na, toen je zei dat je even nadacht?'

'Ik dacht gewoon even na.'

'En hoe zou dat klinken als je dat hardop zou doen?'

Elisabeth opent haar mond, maar zegt niet: benjebang benjebang benjebang bangjeben bangjeben bangjeben.

Het afgelopen jaar zijn de vragen van haar dochter erger geworden, sinds die vriend. Elisabeth ziet haar dochter misschien niet veel, maar ze belt altijd als er iets over Rusland op tv is. Ze streept het aan in de gids.

'Ik vind het moeilijk', zegt Elisabeth.

'Dat snap ik.' De ogen van haar dochter glanzen nu en ze

glimlacht voorzichtig. Elisabeth heeft het juiste gezegd.

Ze zegt het nog maar eens: 'Ik vind het moeilijk.' Haar dochter knikt. Elisabeth knikt ook.

Ze herhaalt: 'Moeilijk', en kijkt daar nu ook moeilijk bij.

'Ik heb het papa verteld.'

'Ja?' zegt Elisabeth. 'Wanneer heb je het gezegd?'

'Woensdag.'

Drie dagen. Drie dagen al weet Wilbert dat ze doodgaat en ze heeft nog niks van hem gehoord. Hij houdt van haar, als hij niet van haar hield had hij haar gebeld, dat doet men, dat is beleefd. Hij is niet beleefd, hij houdt van haar.

'De arme man', zegt ze en om Coco's verwarde blik te beantwoorden, voegt ze eraan toe: 'Werkt hij nog steeds zo hard?' De winkel had hij al voor Coco was geboren. Hij sprak er altijd over met zorg. Als het te druk was moest hij er zeker zijn. Als het niet druk was moest hij er ook zeker zijn. Als alles gewoon zijn gang ging, was het toch maar beter als hij er was. Toen Coco in het ziekenhuis lag, na de val uit het raam, vond hij moeilijk tijd om haar te bezoeken. Elisabeth had zijn zorgelijke toon overgenomen.

'Waar is uw man?' vroeg de dokter eens.

'Eigen winkel hè', zei Elisabeth, alsof het iets ernstigs betrof.

'Wat is het voor winkel?' vroeg de dokter.

'Wat wij verkopen', zei Elisabeth, die zelf helemaal niets verkocht, 'zijn eigenlijk alle spullen die je nodig hebt in een keuken, maar die je niet op tafel ziet. Dus wel grote messen maar niet gewoon bestek. Wel pannen maar geen schalen. Wel snijplanken maar geen borden.'

'Een keukenwinkel?' vroeg de dokter.

'Nee, een kookwinkel.'

Coco had aan Hans gevraagd of hij haar naar haar moeder wilde brengen. De koffer was te groot voor fiets of tram. Ze zaten in een restaurant toen ze het ter sprake bracht. Ze aten 'tomaten op vijf manieren'. Hij zei dat hij haar niet weg kon brengen omdat hij het niet eens was met haar beslissing. 'Een misplaatste reddingsneiging' had hij het al eerder genoemd. Hij geloofde niet dat het goed voor haar zou zijn. Hij kon hier niet aan meewerken.

'Snap je?'

Ze knikte. Het klonk redelijk.

'Ik geef een overvaller toch ook geen lift naar een bank.'

Het beledigde haar dat hij haar afscheepte met zo'n slecht voorbeeld. Ze besloot deze strijd te winnen. Niet eens omdat ze vond dat ze gelijk had, maar omdat ze wilde winnen en omdat ze geen zin had om met die koffer een tram in te gaan.

Ze probeerde kalm te blijven, zei eerst: 'Die tomatenmousse is ook heerlijk.' En daarna pas: 'Jij bent arrogant.'

'Waarom zeg je dat?'

'Je kunt toch niet je vrienden alleen maar helpen als ze de dingen op jouw manier doen? Je zegt toch ook niet: ik help je niet verhuizen, want het huis waar je naartoe gaat staat me niet aan, of de man met wie je gaat samenwonen bevalt me niet?'

'Wel als die man gewelddadig is.'

'Mijn moeder is niet gewelddadig en ik ga geen bank overvallen, we hebben het hier niet over een extreme situatie, niet over psychiatrische gevallen en ik ben geen cliënt van je.'

Hij at met zijn mond open en ze wist dat ze er wat van zou

zeggen als ze de discussie niet zou winnen. Hij ging sneller overstag dan ze verwachtte.

Nog voor de tweede gang zei hij: 'Je hebt gelijk. Ik zal je wegbrengen. Het is arrogant. Dank je wel dat je me daarop wees.'

Hij keek intens tevreden en ze zei alsnog: 'Jij moet niet met je mond open eten.' Ze had meteen spijt. Zijn gekwetste blik was onverdraaglijk. Het was alsof hij op commando zijn ogen kon laten glanzen. Zoals ogen van zwangere vrouwen of gewonde dieren glanzen, van hen die bescherming van de kudde nodig hebben (dat had haar opticien haar eens verteld toen ze nieuwe lenzen kreeg). Hans deed niets om zijn gekwetstheid te verbergen en ze haatte hem erom. Je mag toch godverdomme wel tegen je vriend zeggen dat hij niet met zijn mond open moet eten? Waarom kon hij dat niet sportief opvatten? Waarom at hij godverdomme met zijn mond open in een sterrenrestaurant? En ze haatte zichzelf omdat ze bot was.

'Sorry', zei ze nog en pas veel later vroeg ze of hij morgenmiddag kon. Dat kon, maar veel tijd had hij niet.

'Ik rij wel even, maar ik moet meteen door.'

Coco ligt op haar bed, in haar oude kamer, en belt Hans. Ze vraagt of hij het leuk vindt om bij haar en haar moeder te komen lunchen.

'Laten we ergens anders eten', zegt Hans.

'Kom je me halen?' vraagt ze. 'Dan kun je mijn moeder even zien.'

Het is stil. Hij wil haar moeder niet ontmoeten.

'Waarom wil je haar niet zien?'

'O, ik wil haar best zien ... Als het belangrijk voor je is.'

'Waarom wil je haar niet zien?'

'Jij zoekt er te veel achter. Ze interesseert me gewoon niet.'

Ze heeft hem dit vaker over mensen horen zeggen. Het is het ergste oordeel dat Hans kent, denkt Coco. Ze vermoedt dat het zijn grootste angst is, dat iemand het over hem zegt, maar Coco weet dat Hans dat freudiaanse onzin zal vinden. Ze voelt zich dom als hij haar inzichten freudiaanse onzin noemt. Dus zwijgt ze vaak en doet alsof ze een relatie heeft met een extreem evenwichtige man. Soms gelooft ze het ook echt.

'Je wilt haar niet zien.'

'Ik heb er geen behoefte aan.'

'Waar ben je bang voor?'

'Het spijt me, lieverd, dat jouw moeder mij niet interesseert.'

Ze gelooft hem niet. Wat ze wel gelooft is dat zij een vorige discussie heeft gewonnen en hij deze zal willen winnen. Ze weet niet zeker wie van de twee gelijk heeft, ze weet wel zeker dat het een wedstrijd is en zij elkaars tegenstander zijn.

Ze zitten in de Hollandse Broodjeszaak op de hoek van haar moeders straat, aan de lange tafel voor het raam, naast elkaar. Coco heeft een broodje snijworst besteld, omdat ze wil weten wat snijworst is. Hans wil een broodje kroket zonder boter. Coco duwt haar vingers tegen haar slapen.

'Wat is er?' vraagt Hans.

'Hoezo?'

'Ben je moe?'

'Waarom?'

'Wat heb je?'

Coco is even stil. De serveerster brengt koffie. 'Hoofdpijn', zegt Coco.

'Moet je daarover nadenken?'

'Zo erg is het niet.'

'Heb je al iets gedronken?'

'Hè?'

'Jij vergeet altijd te drinken.'

'Ach.'

'Heb je al iets gedronken vandaag? Weet je hoeveel een mens zou moeten drinken?' Hans staat op en gaat bij de counter om een glas water vragen. Hij geeft haar het glas aan.

Coco ergert zich, maar krijgt dorst als ze het water ziet. Ze neemt het aan en drinkt het op.

'Je had dorst.'

'Ja.'

'Voel je dat dan niet? Als je dorst hebt? Hoe zit dat?'

'Blijkbaar niet', zegt Coco.

'Dat is vreemd.'

'Sorry.'

'Waarom zeg je sorry?'

'Hou op,' zegt Coco, 'hou op.' Ze kijken zwijgend voor zich uit, naar buiten. Er stopt een vrachtwagen. Er worden grote kisten met vleeswaren uitgeladen. 'Zullen we naar een middagfilm gaan?' vraagt ze.

'Gaat dat lukken denk je, studeren, bij je moeder?'

'Ga je mee?'

'Ik heb een cliënt vanmiddag.'

'Zeg 'm af.'

'Dat kan niet. En ik zou het ook niet willen.'

'Dat laatste hoef je er niet bij te zeggen.'

'Ik wil mijn cliënt niet afzeggen.'

De serveerster brengt de broodjes.

'Ik weet het,' zegt Coco, 'je wilt het niet en ik weet ook heel goed waarom.' Ze zegt het alsof het iets schaamtevols betreft. 'Omdat jij zo veel voldoening uit jouw vak haalt.' Ze schrikt van de klank in haar stem. Het dedain, de afschuw. Ze neemt snel een hap van haar brood. 'Het is een soort salami,' zegt ze over de snijworst, 'maar dan zonder kruiden, zonder knoflook en smeerbaar.'

'Hoe ziek is je moeder nou?'

'Je hoeft heus niet bij me te blijven omdat mijn moeder ziek is.'

'Hoe kun je zoiets nou zeggen?'

'Je kunt het denken. Toch?'

'Ja, dat kan.'

'Fijn is dat,' zegt Coco, 'dat wij alles kunnen zeggen.' Dan ziet Coco haar moeder. Ze loopt aan de overkant van de straat heel langzaam met een klein plastic tasje naar de papiercontainer. Coco ziet nu hoe mager ze is. Uit het tasje komt een kleine stapel papier, die ze in de container gooit. Daarna vouwt ze het plastic tasje op. De precisie en de ernst van de handelingen doen Coco pijn. Dit zijn nu de belangrijke handelingen in het leven van haar moeder. Dit is niet iets wat tussendoor gebeurde, dit telde.

'Het is niet erg, hè,' zegt Hans, zijn stem is zacht, lief, 'als je ergens op terugkomt. Ik snap het dat je zoiets wilt proberen, maar schaam je niet om erop terug te komen.' Hij aait met de rug van zijn hand over haar wang. Ze kijkt naar hem en weer naar haar moeder. Tergend langzaam steekt haar moeder de straat over. Nu zou ze het moeten zeggen. Dit is mijn moeder.

'Je bent zo'n arrogante klootzak', zegt ze en ze lacht.

'Zulke dingen moet je niet zeggen,' zegt hij, 'ook niet voor de grap.'

Zijn redelijkheid maakt haar woest. Evengoed maken zijn vochtige ogen haar woest. Een verborgen, gevoelige ziel die je niet mag kwetsen, gehuld in die eeuwige arrogantie, een perfect dubbel wapen, waarmee hij haar gevangen houdt.

Ze kijkt hem na als hij wegfietst. Eén pijp van zijn nieuwe spijkerbroek in een sok. Hij fietst zonder om te kijken. Een man van middelbare leeftijd op een racefiets met een baan die hem voldoening geeft. Het is gemakkelijk om smalende dingen over hem te denken als die ogen er niet waren.

'Met je kutcliënten', fluistert ze. Ze eet haar laatste happen brood met snijworst.

Ze weet niet of de snijworst lekker was. Hij smaakte naar water, en het brood ook. En de melk.

Ze bestelt verse jus. Ook de jus smaakt naar water.

Ze bestelt brood met warm vlees en pindasaus. Alles is water. Ze proeft het en ze snapt het. Natuurlijk. We moeten de smaak erbij verzinnen, dat moeten we zelf doen.

‘Coco,’ zegt Elisabeth die ochtend terwijl ze op het bed van haar dochter zit, ‘ik denk dat ik ziek word.’

Coco reageert niet.

Ze zegt het nog maar eens: ‘Ik denk dat ik ziek word.’

Coco komt overeind en kijkt haar nu met overdreven wakkere ogen aan, alsof haar net iets belangrijks is meegedeeld.

‘Verstond je me niet?’

‘Je denkt dat je ziek wórdt?’

Toen ze wakker werd, wist Elisabeth meteen dat ze niet alleen in huis was. Zoals ze vroeger het lichaam van haar man ook naast zich wist, naar wie ze alleen maar toe hoefde te draaien en tegen wie ze dan sprak, of *verder* sprak, zoals na een korte pauze. De nacht leek maar een detail, een seconde. Ze hield van mensen om tegen te praten. Die mensen hoefden niet noodzakelijkerwijs naar haar te luisteren, daar ging het niet om en toch moesten ze er zijn. Ze sprak niet in zichzelf, ze was niet raar. Wilbert begon in de laatste jaren van hun huwelijk te klagen dat ze dingen vaker aan hem vertelde, twee keer, drie keer, vier keer zelfs.

‘Maar ik ken je nu tien jaar,’ zei ze eens, ‘ik kan toch niet steeds iets nieuws verzinnen?’

‘Je praat wel tegen mij, maar je zou net zo goed tegen een ander kunnen praten.’

‘Ik praat graag tegen je.’

‘Maar het interesseert je niet wat ik ervan vind.’

‘Maar het interesseert me ook niet wat een ander ervan vindt.’

‘Het klopt niet.’ Die zin gebruikte hij steeds vaker.

Iets klopte niet. Zij samen klopten niet. Zij klopte niet. Ze leerde te zwijgen. Na te denken voor ze tegen hem sprak.

Maar toen ze vanochtend wakker was geworden, nadat ze al vele malen eerder uit haar slaap was gehaald door een uiterst onaangenaam keelgevoel en meteen wist dat ze niet alleen in huis was, voelde ze het oude enthousiasme. Een mens om tegen te praten was iets moois.

Ze was onmiddellijk opgestaan, de ogen nog nauwelijks open, schuifelde de gang over, klopte op de deur van de kinderslaapkamer, had niet gewacht op antwoord, had de deur geopend en gevraagd: 'Coco, ben je al wakker?' en was op het bed gaan zitten.

Vreemd, hoe staan op een dag lastig was geworden. Zoals er een dag is waarop je geen kind meer bent en niet meer rent, zo komt er dus ook een dag waarop je als volwassene liever niet meer staat. Op haar werk had ze ook al een kruk bijgeschoven, toen werd het lastig. De lijsten waren te groot om bij het werk te blijven zitten.

Het grote dochterlichaam in bed draaide, de ogen gingen open en onmiddellijk sloeg Coco een hand voor haar ogen. Elisabeth week achteruit alsof ze een te felle lamp was die in haar dochters ogen scheen.

'Je denkt dat je ziek wordt?' vraagt Coco weer.

'Ja, ik denk dat ik ziek word. Ik heb dat wat je hebt als je ziek wordt. Het gaat altijd in dezelfde volgorde. Eerst oprispingen en dan keelpijn, dan hoesten, daarna word ik verkouden, en dan krijg ik een schorre keel. Of andersom. Maar het is altijd het hele scala. En steeds denk je: misschien blijft het hierbij, maar dat blijft het nooit. Ik heb oprispingen en mijn keel doet pijn. Weet jij of het heerst?'

Coco schudt heel langzaam haar hoofd, zo miniem dat het bijna onaantoonbaar is, dat je het haar niet kunt verwijten, en toch maakt het alles ongemakkelijk.

'Waarom doe je nou zo raar?' vraagt Elisabeth. Want waarom zou het niet aan het kind kunnen liggen? Waarom mag het kind nooit de schuldige zijn? Al die jaren was het leven gewoon, nog geen dag is het kind hier, en alles is weer raar.

'Je denkt dat je ziek wordt?' herhaalt haar dochter.

'Ik weet het', zegt Elisabeth.

'Zal ik de huisarts eens bellen?'

'Hoezo?'

'Zodat ik een beetje weet hoe het zit. Wat ik kan doen.'

'O, ze kunnen nu niets doen, hoor, als er iets nieuws is laat hij het me weten.'

'De huisarts?'

'De oncoloog.'

'Maar, je denkt nu ... dat je ziek ... nog zieker wordt.'

'Ik heb het gewoon over een verkoudheid, jij moet niet alles meteen zo groot maken.'

Coco sluit haar ogen.

'Of het is de bronsverf of de thinner. Ik droeg die maskers niet graag. Zou dat dan uiteindelijk toch iets hebben gedaan?'

Coco opent haar ogen niet.

'Ben je moe?'

'Nee hoor', zegt Coco.

'Zo zie je er wel uit.'

'Dank je.'

'O, sorry.'

'Ik sliep.'

'O, sliep je nog, dat wist ik niet.' Moeizaam staat Elisabeth op. 'Ik wilde alleen weten of het heerst.' Ze loopt naar de deur.

'Het heerst altijd, mama, ik heb nog nooit meegemaakt dat ik ziek was en dat iemand zei: "Hoe kan dat nou, het heerst helemaal niet." Het heerst altijd.'

'En toch is dat niet zo', zegt Elisabeth en ze verlaat de slaapkamer.

Later die ochtend hangt er een natte handdoek over een van de houten keukenstoelen. Elisabeth kijkt naar haar dochter aan de andere kant van de tafel.

Coco zegt: 'Dus je werkt helemaal niet meer?'

'Ik zou nog prima kunnen werken als mijn handen niet zo zouden trillen.'

'Is dat zo?'

'Kijk.' Elisabeth houdt haar handen voor zich uit, kijkt kort naar haar trillende vingers, draait dan het hoofd en kijkt naar de natte handdoek over de houten stoel. Het zijn oude stoelen, de lak is niet meer zo ferm als voorheen. Vocht is funest. Dat denkt ze, alsof het onderdeel van een reclameslogan is. Vocht Is Funest.

Soms drinkt een klant koffie in de werkplaats op de zaak en loopt dicht bij haar tafel met zijn koffiemok. Het voelt alsof iemand een hand op je billen dreigt te leggen en je je een constante houding moet geven, je lichaam dient te beschermen. Maar haar tafel op de zaak is te groot, ze kan hem niet afschermen, niet behoeden, niet omhelzen. Het is jammer dat er soms klanten zijn.

'Zit je dan in de WAO of zo, of hoe zit dat?'

'Dat doet Martin allemaal, die regelt dat.' Martin, haar baas, heeft steeds meer taken van haar overgenomen, verantwoordelijkheden. Omdat ze er lagen en iemand ze toch moest nemen. Het was begonnen tijdens de scheiding. Op het werk hielden ze haar toen al een tijd verschoond van het papierwerk.

'Laat haar haar werk doen,' zei Martin, 'en verder niets.' Ze werkte sneller dan ieder ander, maar een papier invullen deed ze niet. Als ze ergens aan begon wist ze nog net dat ze het roze papier moest hebben, de werkbon.

'Je mag niets doen zonder bon', riep Martin altijd. Elisabeth pakte een roze bon en gaf die aan een collega, die vulde dan alles in.

Soms nam Elisabeth papieren van thuis mee naar het werk. Belastingformulieren, verzekeringsspullen. Tijdens de scheiding werd het papierwerk meer. Uiteindelijk deed Martin alles.

Elisabeth kijkt naar de natte handdoek over de houten stoel. Er komt een bekende gelatenheid over haar heen. Dat wat ze ooit het moederschap noemde. Moeder-zijn was toezien hoe het kind de spullen in het huis stuk voor stuk aantastte en dat toelaten. Coco leek er al vroeg genoegen in te scheppen juist dat te verplaatsen wat niet verplaatst wilde worden. Brood tussen de puzzels, smeerkaas op boeken. Kralen in de naden van het bankstel. Coco likte over ruiten, kastdeuren en stoelpoten en wreef met plakken ontbijtkoek langs de muren alsof ze een spons hanteerde. Elisabeth was de veegwagen. Ruimde op, redde wat er te redden viel. Ze wist niet hoe je het kind moest sturen, wel hoe je alles zo snel mogelijk herstelde.

Als Wilbert thuiskwam, wilde ze dat het huis schoon was en dat zij schoon was en dat ze zijn meisje was en dat hij blind een flesje bier uit de koelkast kon pakken, omdat ze altijd op dezelfde plek stonden, altijd op tijd aangevuld, altijd koud.

Hij dronk zijn bier terwijl zij aan het aanrecht stond en bijvoorbeeld, ze weet het nog, met een vinger in een groen aardewerken bakje roerde waar rozijnen in warm water lagen te wellen. Dat was niet nodig, dat met die vinger, maar ze moest daar staan, met haar billen net iets te ver naar achter, zodat hij ze wel aanraken móést, vastpakken.

Dan kwam hij achter haar staan en zei altijd: 'O jezus', altijd maar 'O jezus', alsof hij slachtoffer was van die billen. Ze droeg een rok, die hij gemakkelijk omhoog kon sjorren. Hij pakte met twee ferme handen haar heupen en kantelde ze, op een haast technische manier, zoals hij ook zo handig een bierflesje met een aansteker kon openen of keukengerei in de winkel demonstreerde. Een handige man, dacht ze dan, eigenlijk geen verkoper. Hij zou iets met zijn handen moeten doen. En zij leunde met haar voorhoofd tegen het keukenkastje en twee handen op het aanrecht. Ze voelde zijn lul tegen haar billen. Hij schoof het slipje opzij, en zij gluurde over haar schouder naar achter en zag hoe hij licht hurkte, hoe sterk zijn benen waren, hoe hij alles precies goed gekanteld kreeg. Dat bekeek ze allemaal heel geconcentreerd. Ze lette op. Ze lette goed op en ze hoorde het kind in de kamer, dat om deze tijd filmpjes van de *Fabeltjeskrant* mocht zien. Ze had er veel na elkaar opgenomen. *Hallo, meneer de Uil, waar brengt u ons naartoe, naar Fabeltjesland? Eh, jaha, naar Fabeltjesland.* En dan vond zijn lul, die sterk en onvermoeibaar was, een weg in haar. Ze kantelde haar bekken nog wat meer en glimlachte, zo vriendelijk en liefdevol. Ze voelde zich goed, als een lief iemand, een leuke vrouw, een goede moeder en dan was er helemaal niets mis met haar. Alles paste.

Hij neukte haar en hij zei: 'O jezus, o jezus, die kont. O jezus', en zij dacht: aaba en dan wist ze dat hij al had zitten drinken, want alleen als hij dronken was sprak hij in aabaschema's. Behalve dat ze zich lief en goed en normaal voelde,

voelde ze zich sterk als ze haar evenwicht goed bewaarde wanneer hij harder in haar stootte. En als hij in haar spoot werd het warm in haar en dan pas dacht ze weer aan wat het kind had besmeurd die dag, dacht ze aan jam en melk en chocopasta, spuug en snot.

Zijn hoofd rustte op haar schouder en hij zei: 'Wat moet je met mij? Wat moet je met mij? Ik ben niet goed. Wat moet je met mij?'

Zij zei: 'Jij, jij, jij bent mijn lief, jij.'

En hij antwoordde, perfect in schema: 'Ik ben niet goed voor je, ik ben niet goed voor je, Elisabeth, ik ben niet goed voor je.'

En als hij heel dronken was, zei ze: 'Jij, jij, jij bent mijn hond, jij.'

Zij voedde man en kind, bracht het kind naar bed, ruimde nog lang daarna de sporen op en vulde zijn glazen. Ook de jeneverfles die in het kastje boven de koelkast stond was nooit leeg. Hij zat daar en keek snooker of voetbal. Ze schonk zijn glazen in. Het was onmogelijk om zijn dorst niet te willen lessen. Ze waren precies even moe als ze om tien uur in bed lagen.

Maar op een dag was Elisabeth al moe om drie uur 's middags. Ze keek weer eens roerloos toe hoe Coco met platte hand de ranjaplassen uitwreef over deze zelfde keukentafel waar ze nu aan zitten en daarbij kreunde op een hoge, zangerige toon, alsof ze er ook zelf onder leed en hoopte dat iemand haar zou verlossen van deze activiteit. Toen begreep Elisabeth dat haar dochter geen genoegen schiep. Zij schiep überhaupt niet. Zij besmeurde, brak en scheurde.

Als dit gedrag haar dochter zo weinig geluk bracht en het voor haar zo veel zou opleveren wanneer het kind ermee stopte, dan was het redelijk om te eisen dat haar dochter haar gedrag zou aanpassen. Op zijn minst zou ze het kunnen beperken tot één kamer.

Ruim voor het kind twee jaar oud was, sloot Elisabeth het al op, alleen in de kinderkamer. Het huilde niet harder, noch langer, dan wanneer het bij de moeder was. Dat had Elisabeth bijgehouden.

Ze stopte met het opsluiten van haar dochter toen deze tweeënhalf jaar oud was. Omdat Elisabeth wist dat een mens vanaf die leeftijd zich later de dingen kan herinneren die het meemaakt. Hoewel haar dochter niet ongelukkiger op haar kamer was dan bij haar moeder, begreep Elisabeth dat het voor haar dochters geluk belangrijk was dat zij later zou denken dat haar moeder haar liever bij zich had gehad. Ze gunde haar dochter die gedachte.

Als Wilbert thuiskwam en hij vroeg: 'Waar is Coco?' dan zei zij: 'Op haar kamer.' In de tijd dat hij nog gewoon dronk, ging hij niet kijken, hij liep door naar de koelkast. Soms vroeg hij ook niets. Het leek hem niet op te vallen dat als hij haar neukte meneer de Uil niet meer zong.

Maar op een dag bleef hij staan op de drempel naar de keuken en zei: 'Ik ben niet gelukkig.'

'Wil je een biertje?' vroeg ze.

'Miriam,' zei hij – Miriam was de nieuwe vaste kracht in de winkel, ze nam hem veel werk uit handen, een enorme hulp – 'Miriam maakt zich zorgen om mijn drankgebruik.'

Hoe durft ze, dacht Elisabeth, hoe durft ze, ze heeft het recht niet. Hoe durft ze, dacht ze, in een perfect aaba-schema.

Hij dronk niet die avond. Ze neukten ook niet. Hij wilde praten.

Als Coco de gang in loopt, ziet ze haar moeder halverwege de trap zitten. Even daarvoor heeft haar moeder gezegd dat ze ging rusten.

'Wat doe jij nou?' vraagt Coco.

'Ik ben op weg naar boven.'

'Lukt het?'

'Ik rust even uit.'

Coco leunt tegen de deurpost. 'Gek hè? Ik hier.'

'Ja?'

Haar moeder lijkt te hijgen, alsof zelfs het spreken haar moeite kost. Coco denkt na hoe ze de vraag zal formuleren, of haar moeder het vervelend vindt dat zij hier is. Hoe kan ze het zo vragen dat ze een eerlijk antwoord krijgt. Of hoe kan ze het zo vragen dat ze het antwoord gelooft. Dan hoest haar moeder, zoals mensen in een film dat alleen maar doen wanneer ze later ernstig ziek blijken te zijn en Coco denkt: het doet er niet toe of we het prettig vinden om hier beiden te zijn, in één huis. Zij is hier omdat het noodzakelijk is. Dat is een aangename gedachte, die moet ze onthouden.

'Zou het beter zijn als je bed beneden stond?' vraagt ze.

Haar moeder kijkt naar beneden en zegt: 'Beneden is nu net zo ver als naar boven.'

'Ik help je omhoog.'

'Het gaat alweer.'

Langzaam staat haar moeder op. Coco loopt nu achter haar aan de trap op, zoals je achter een kind aan loopt dat zelf de trap op wil, klaar om het op te vangen. Zo gaat ze als een schaduw achter haar moeder aan, ook de slaapkamer in. Ze tilt de dekens voor haar op. Legt ze over haar moeders lichaam heen zonder het aan te raken.

'Slaap lekker.'

'Welterusten', zegt haar moeder.

Als vanzelf loopt Coco naar haar eigen slaapkamer. Het is drie uur 's middags.

Coco ligt op bed. De lucht in de radiator borrelt zo luid dat het lijkt op een frituurpan. Alsof ze met de kroketten mee het vet in zakt, zo voelt ze haar lijf zwaar worden in het matras.

'Slaap lekker, vis', zei haar moeder vroeger tegen haar.

Elke woensdagmiddag haalde haar moeder haar van school. Eén nacht per week sliep ze in haar moeders huis, het huis waar ze geboren was. Haar moeder was meer gaan werken, haar stiefmoeder minder. Er was allemaal over nagedacht, door Miriam, die goed over zulke dingen nadacht. Het was mooi als de moeder (het is tenslotte je moeder, zei Miriam) eens per week het kind meemaakte, het kind van school haalde, het kind voedde, het kind te slapen legde, het kind wekte, het kind naar school bracht. Dit alles in een overzichtelijke korte tijdsspanne. Het kind maakte de moeder mee, de moeder kon geen al te grote schade aanrichten. Niets wat de vader en de stiefmoeder niet van donderdagmiddag tot en met woensdagochtend konden herstellen.

'Het was voor iedereen de beste situatie', zei Miriam later.

Ze was zes toen ze op een woensdagmiddag met haar moeder aan tafel zat en beschuit met bruine suiker at. Ze vond het een uitzonderlijke delicatesse. Pas jaren later begreep ze dat het een lunch was die geen voorbereiding kostte. Beschuit en bruine suiker, daar had haar moeder grote voorraden van in huis.

's Ochtends op het schoolplein had een van de oudere meisjes over 'het viswijf' gesproken. Dat was een nieuw woord. Een vreemd woord. Iets wat bij haar moeder paste. Zijzelf was tenslotte 'de vis'. Ze moesten het over haar moeder hebben.

Die middag vroeg ze het haar: 'Mama, ben jij het viswijf?'

Haar moeder keek haar aan, verbaasd, geïnteresseerd. Ze voelde hoe ze haar aandacht had.

Plotseling glimlachte haar moeder, een overweldigende vreugdevolle glimlach en ze zei: 'Ja, ik ben het viswijf.'

Coco voelde zich bijzonder. De vis en het viswijf. Ineens pasten ze bij elkaar.

's Avonds zei haar moeder: 'Slaap lekker, vis.'

'Welterusten, viswijf', zei de vis.

Op donderdagmiddag zei Miriam dat ze haar moeder nooit meer viswijf mocht noemen.

Coco schrikt wakker van de deurbel. Haar moeders langzame voetstappen klinken beneden op het oude krakende visgraatparket. Ze moet lang hebben geslapen. Coco staat op, loopt haar kamer uit naar de trap toe en stopt als ze de stem van Hans hoort.

'Ik kom voor Coco.'

'Die is boven.'

'Ik ben Hans.'

'Dan ben jij van de Mercedes. Matgrijs. Die kleur zie je niet vaak.'

Coco hoort haar moeder terug de kamer in lopen.

'Ik kom voor Coco', zegt Hans weer.

Haar moeder zegt: 'Ja, dat zei je ja.'

Coco gaat op de bovenste tree zitten.

'Ze is boven?'

'Doe je de deur dicht?'

De stem van haar moeder klinkt verder weg, vermoedelijk is ze in haar stoel voor het raam gaan zitten.

'Als het tocht en de tussendeur boven staat open,' zegt ze, 'dan klapt-ie zo hard dicht. De ene keer is het de voordeur die dichtslaat, de andere keer de tussendeur boven. Vroeger heeft hier ook een tussendeur beneden gezeten, misschien wel daarom, dat kun je bij de buren zien, die hebben nog zo'n tussendeur met bewerkt glas erin, maar dat is een huurhuis. Wij hebben gekocht, mijn man en ik, langgeleden, hoor. Daar hebben wij omgerekend veertigduizend euro voor betaald. Negentigduizend gulden, maar dat was toen ook veel geld.'

Coco luistert ademloos toe. Ze was vergeten dat haar moeder dit ook kon. Zich tegenover vreemde mensen verliezen in de taal, de ander vergetend. Tegenover haar dochter had ze zich leren beheersen. Hun ongemak verhinderde al zo lang gewone woorden.

'Kun je nu wel zeggen: ik had de hele straat moeten kopen, maar dat doe je nu ook niet al zou je het misschien wel moeten doen ...'

Coco voelt hoe vertrouwd dit geluid is, dit gebabbel van haar moeder. Iets wat ze als kind vaker moet hebben gehoord.

'Mijn moeder zei altijd,' zegt haar moeder nu, '"Een De Wit huurt niet, een De Wit koopt." Dus toen Coco kwam, hebben we iets gekocht. Eerst keken we nog naar huur, maar dat wilde mijn moeder niet hebben, dus toen hebben zij gekocht en hebben wij hen afbetaald.'

'Wij', zegt haar moeder, alsof het inderdaad bijna twintig jaar vroeger is.

'Coco zou ook moeten kopen, maar dat is nu niet meer zo gemakkelijk. Ze erft natuurlijk dit huis als er iets met mij gebeurt, het staat op mijn naam, Wilbert wilde er niets van hebben ...'

Coco glimlacht omdat Hans daar zwijgend op de drempel van de huiskamer staat, overgeleverd, ongetwijfeld met een helder doel voor ogen maar overvallen door de zinnen die maar niet aflopen.

'Ja,' zegt hij, 'want wat zal zo'n huis tegenwoordig kosten?'

'Acht ton. Laatst is er een hier in de straat voor bijna een miljoen verkocht, maar dat was een heel huis, die hadden geen bovenburen, wij wel, de bovenste twee etages zijn niet van ons. Wij hebben souterrain, begane grond en eerste verdieping. Wij zijn met de bovenburen vereniging van eigenaren, maar daar merk je eigenlijk helemaal niks van. Als we één keer per jaar vergaderen is het veel. We hebben wel een gezamenlijke rekening voor als ...'

Maar Hans went snel en in een adempauze, niet eens aan het eind van een zin, zegt hij: 'Op haar kamer? Coco is op haar kamer?'

'Ja, op haar kamer. Boven', zegt ze alsof ze hem alleen maar even moet herinneren aan waar Coco's kamer is.

'De trap op?'

'Ja, als je naar boven wilt moet je de trap op.'

Hans zegt: 'Ik weet niet waar Coco's kamer is.'

Dan is het stil. Coco legt haar hoofd op de leuning. Ze vergeet dat er andere mensen zijn, denkt Coco, dat er mensen bestaan die niet weten waar hun slaapkamers zijn.

Maar haar moeder zegt: 'Natuurlijk weet jij niet waar Coco's kamer is. Jij bent hier nog nooit geweest. Boven aan de trap moet je naar rechts, en dan is het de linkerkamer aan de voorkant van het huis.'

Een kalende man van middelbare leeftijd zit op haar bed in haar meisjeskamer. Coco denkt: dus van deze man hou ik. Dat verbaast en amuseert haar. Maar de man ziet zichzelf natuurlijk ook zitten op het bed in haar meisjeskamer en hem amuseert dat helemaal niet. Hij zit op de rand, de handen in de schoot, neemt zo weinig mogelijk ruimte in.

'Je wilde hier toch niet komen?'

'We moeten praten.'

'Als mensen zeggen dat ze moeten praten, willen ze meestal alleen iets komen vertellen.'

'Ja.'

'Wat wil je me vertellen?'

'Het gaat niet goed. Wij.'

Het is sneller gekomen dan verwacht. Onmiddellijk is ze alert. Nee, niet onmiddellijk. Ze is een kort moment in paniek, doodsbang dat hij haar nu, nú al, verlaat. Die angst is zo groot dat ze hem niet toe kan staan. Ze blijft kalm, geen trilling is zichtbaar, geen zenuwtrek te bekennen. Maar vlak onder haar huid trilt alles.

'Ik denk dat we ermee moeten stoppen.'

Ze zegt niets, beweegt niet, kijkt hem alleen maar aan.

'Je lijkt niet verbaasd', zegt hij.

Heel beheerst tilt ze een arm op en maakt een loos wrijvend gebaar over haar wang. 'Ik weet dat jij twijfels hebt. Ik heb al gezegd dat dat niet erg is.'

'Dat is het wel.'

Niet meer tegenspreken. Meebewegen nu.

'Ik ben over de helft van mijn leven, ik heb een eigen praktijk, ik heb een ex-vrouw, ik word kaal, ik heb een auto.'

'Je hebt een auto.'

'Het gaat niet om de auto.'

'Natuurlijk gaat het niet om de auto.'

'Jij woont op een kamer.'

'Ja.'

'Jij studeert. Of dat zou je moeten doen. Jij moet dingen uitzoeken met je ouders, jij moet ... jij moet ... Dit hele gedoe met je moeder. Ik heb dat allemaal al gehad. Ik ben hier te oud voor. Maar jij moet dit doen. Jij moet je eigen fouten maken.'

'Fouten?'

'Die moet jij mogen maken.'

'Is het nou omdat ik hier woon?'

'Alsjeblieft, Coco, ik weet alles beter! Ik word een onuitstaanbare man in jouw buurt. Zo wil ik niet zijn.'

'Zo ben je niet', zegt Coco veel te snel.

'Jawel, Coco.'

'Jawel', zegt ze en ze lacht, want dit is de man tegen wie ze alles kan zeggen, de eerste ander tegen wie ze alles kon zeggen en dat mag niet verdwijnen. Alles-kunnen-zeggen mag niet verdwijnen, al betekent dat dat ze sommige dingen niet meer tegen hem kan zeggen. Haar gedachten lopen vast, maar dat hij niet weg mag blijft doorklinken. Hij praat weer over fouten die zij moet maken.

'Jij moet leven', hoort ze hem zeggen, maar ze wil niet leven, ze wil hém. Ook dat mag ze niet hardop zeggen, het zou hem nog sneller wegjagen.

Ze kijkt naar de welving van zijn bovenlip, de fijne tekening ervan. De donkere ogen die altijd glanzen en de neus die zo subtiel buigt dat het voornaam is. Van veraf is hij een kalende ietwat gezette man van middelbare leeftijd, maar van dichtbij zijn er die ogen, die lippen, die wenkbrauwen, die smalle handen. Je moet er dichtbij blijven. Van dichtbij is alles goed en dat is alles wat ze wil. Zo dicht bij iemand zijn dat ze niet meer weet waar zij eindigt en hij begint. Hij is gestopt met praten, de ogen glanzen nog meer dan anders. Hij is bang. Hij kan niet alleen zijn. Daarom kon ze hem vangen. Dat weet ze nu. De scheiding was er nog niet eens doorheen.

'Je bent geen onuitstaanbare man. Een onuitstaanbare man zou zichzelf nooit een onuitstaanbare man noemen.'

Hij lacht voorzichtig. 'Ik moet je loslaten', zegt hij.

'Ik hou van je.'

Hij zegt: 'Ik heb geen respect voor je.'

Nu lacht hij niet. Hij meent het. Ze voelt de woede naar haar hoofd stijgen, maar nog steeds is ze kalm en beziet haar opties. Ze zal hem niet zo laten gaan. Opnieuw wil ze van hem winnen. Niemand verlaat haar godverdomme. Ze gaat naast hem zitten op haar bed.

'Dat is niet best', zegt ze. Ze laat zich achterovervallen en kijkt op naar hem. Ze lacht. Ze legt een hand op het bovenbeen, te dicht bij de lies. Veel is niet nodig, ze is jong. Ze is te dik, maar ze is jong, ze kan het hebben.

'Je moeder', fluistert hij nog als ze zijn gulp openritst.

'Mijn moeder interesseert me niet', zegt Coco. Ze trekt zijn broek van zijn heupen, hij werkt mee, tilt zijn billen iets omhoog. Zijn lul is al stijf en richt zich op in zijn onderbroek. Ze trekt zijn onderbroek uit. Ze gaat op haar knieën tussen zijn benen zitten, spreidt zijn benen. Ze houdt haar ene hand zachtjes tegen zijn lul aan, naar de kant waarheen hij iets afwijkt. Zo leunt hij tegen haar hand. Ze bukt zich en ze likt hem langzaam vanaf zijn ballen naar boven. Ze likt zijn lul, heel zacht en zorgvuldig tot hij helemaal nat is. Ze likt zachtjes over zijn eikel. Ze hapt, met natte volle lippen, zoals je het topje van een softijsje hapt. Hij trilt. Hij schokt. Ze laat speeksel over zijn lul druipen, maakt alles nog natter. Ze richt zich op, trekt haar broek uit, klimt over hem heen, stuurt met één hand zijn natte lul de goede kant op, gaat op hem zitten, glijdt om hem heen en zucht. Ze gaat omhoog, omlaag, kantelt haar heupen heen en weer, neukt hem, leunt naar achter, grijpt met één hand achter zich om zijn ballen te voelen, duwt die tegen haar billen. Ze neukt hem en vergeet hem. Hij gaat toch. Ze doet waar ze zin in heeft, rijdt op hem, verdwijnt.

'Ik ga ...' zegt ze, maar ze maakt de zin niet af – *ik ga dood* – hem niet afschrikken, maar ze gaat wel. Ze voelt haar ogen wegdraaien, ziet nog net zijn angstige blik. Ze schudt haar hoofd, als iemand die een beeld moet verdrijven, ze lacht. Dan komt hij overeind, nog in haar. Ze rollen om. Ze ligt nu op haar rug en hij stoot hard in haar. Ze kreunt.

'Doe ik je pijn?' vraagt hij.

In plaats van: 'Ja, maar dat wil ik', zegt ze: 'Nee.'

Terwijl hij haar neukt voelt ze hoe ze een ding wordt en ook een ding wíl worden. Haar lichaam wordt slap en ze herinnert zich de oude plastic opblaasbare zeehond en dat ze op dat beest ging liggen als het leeg moest lopen en hoe ze op een middag maar bleef liggen achter in de tuin en in slaap viel. Ze werd wakker, zwetend in de zon op de platte plastic blauwe zeehond.

'Ben ik te zwaar?' vraagt hij. Hij ligt al een tijdje stil op haar.

'Nee', zegt ze.

Hij rolt van haar af.

'Je kijkt soms alsof je pijn hebt', zegt hij. Ze glimlacht als een pop die dingen kan. Ze verandert, in het huis van haar moeder. Het voelt vertrouwd, een ding te zijn, maar ze weet dat hij het niet mag zien. Hij kust het litteken op haar voorhoofd. Hij kust het grote litteken in haar hals, op haar rug. Hij kust het litteken op haar kuit en zoekt verder.

'Allemaal serreraam?' vraagt hij.

'Ik denk het. Ik weet niet, er bloedde altijd wel ergens iets, toch? Als kind waren je knieën toch ook altijd kapot, of je ellebogen.'

'Nee hoor, ik had nooit kapotte knieën', zegt Hans.

'Dan was jij een raar kind.'

'Omdat ik nooit door een ruit ben gelopen?'

'Gefietst.'

Ze kleden zich aan. Hans zegt niets. Coco glimlacht. Hij kan haar niet met goed fatsoen eerst neuken en dan alsnog verlaten. Er is weer tijd gewonnen.

'Wat moet jij met me?' vraagt Hans als hij zijn veters strikt en daarbij hijgt.

'Ik ben als een hond uit een asiel,' zegt Coco, 'eeuwig dankbaar.'

Hij kijkt bezorgd op, zijn hoofd is rood van het bukken.

'We zien wel,' zegt Coco, 'oké? Ik snap het.'

'Je bent een bijzondere vrouw', zegt hij.

Het is moeilijk om te blijven glimlachen. Het lijkt haar niet goed om een bijzondere vrouw te zijn.

Als ze Hans uitlaat stopt het busje van de lijstenmakerij voor de deur. Martins baard is grijs geworden.

'Coco, my darling! Wat hoor ik?'

'Ja, ik woon even hier.'

'Ja, dat zei ze.'

'Wie?'

'Je moeder, wie anders?' zegt Martin en Coco wordt warm, zoals verliefdheid voelt, omdat haar moeder haar naam noemt tegen andere mensen. Martin haalt een rollator uit het busje.

'Dit is Martin, de baas van mama', zegt ze tegen Hans. Ze schudden handen. Hans noemt zijn naam niet.

'Ik sta hier dubbel, breng jij 'm effe naar binnen?' vraagt Martin, hij tilt de rollator op en geeft hem aan Hans. Hans gaat terug het huis in. Haar moeders stem, ze kan niet verstaan wat ze zegt. Dan hoort ze Hans uitleggen hoe de rollator werkt. Dat er een rem op zit. Alsof hij alles van rollators weet en dagelijks mensen voorlicht over het gebruik ervan.

'Ik wist niet dat ze een rollator kreeg.'

'We letten een beetje op d'r.'

'We gaan het bed naar beneden halen.'

'Hulp nodig?' Martin stapt alweer in.

'Papa en Miriam helpen.'

'Zo zo. Groet je moeder. Ik kom morgen, maar dat weet ze.'

Martin gaat. Coco wacht op de stoep op Hans. Hij blijft lang weg. Ze hoort niets.

Als hij naar buiten komt zegt hij: 'Ik kan 'r wel hebben.'

'Sorry?'

'Je moeder en ik, we liggen elkaar wel.'

'Zij interesseert jou niet', zegt Coco.

'Heb ik dat gezegd?'

'Ja.'

'Nou, dat is dan veranderd.' Hij lacht om zichzelf en Coco denkt dat ze ook zou moeten lachen, ze wil niet star zijn. Ze lacht niet.

'Zij heeft wel wat', zegt Hans nu, 'en dat zeg ik niet snel.'

'Dus ze mag daar blij mee zijn? Ze mag zich vereerd voelen?'

Hij lacht nog steeds en kust haar, zoals je je vriendin gedag kust die je snel weer zult zien. Hij vindt haar moeder interessant.

De kapper helpt Elisabeth uit haar jas. Ze werkt niet mee. Ze laat haar armen slap langs haar lijf hangen als hij haar jas uittrekt. Ze staat nog uit te rusten van de rits. Ze bibberde zo erg bij het openritsen van de jas dat het ternauwernood lukte. Ze was komen lopen, ze had tenslotte een rollator nu. Daar heb je 'm toch voor? Om nog te kunnen lopen. Waarom werd je dan in hemelsnaam nog zo moe? Ze had pas gisteren gebeld, maar hij had wel tijd vandaag.

'Watergolf', zegt ze als ze zit. Ze is pas nog geknipt.

'Watergolf?'

Alleen de oudere dames hebben nog watergolf. Ze heeft het hem vaak zien doen. Sommigen komen elke week. Dat is niet vreemd, bij watergolf.

'Gewoon 's proberen.'

'Doen we dat toch.'

'Heb je het al gehoord van mijn dochter?'

'Wat?'

'Woont weer bij me.'

'Dat meen je niet.'

'Haar idee.'

'Gaat het niet meer, alleen?'

'Ze wil me nog meemaken, zegt ze.'

'Is het moeilijk voor haar?'

'Wat?'

'Dat je ziek bent.'

'Voor haar?'

'Je bent toch haar moeder.'

'Ja hè?'

'Echt niks eraf?'

'Alleen watergolf.'

'Moet het niet gaan regenen.'

'Anders blijf ik hier gewoon zitten.'

'Ik heb genoeg te lezen.'

'Precies.'

'Het is geen gemakkelijk kind.'

'Zenuwachtig type. Altijd al geweest.'

Als Elisabeth onder de droogkap zit, voelt ze hoe kalm ze is. Vanmiddag komt Wilbert. Natuurlijk. Nu is hij nodig. Hij komt als het nodig is. Het bed moet naar beneden. Miriam komt mee. Coco zei het vanmorgen, ze keek angstig. Wat is dat kind toch nerveus. Ik moet de mensen een beetje helpen, denkt Elisabeth. Ik moet ze laten zien dat alles goed is. Ze weten het niet.

De eerste keer dat ze Miriam zag, woonden Wilbert en Coco al niet meer thuis. Het was een donderdag en Coco zat op school. Het pluchen konijn dat mee had moeten gaan in haar rugzak, was achtergebleven. Coco kon niet zonder het konijn. Elisabeth was naar de winkel gegaan om het af te geven.

Toen ze de winkel in liep en de kleine mollige vrouw achter de toonbank zag, lachte Elisabeth. Ach, dacht ze, ben jij het maar, alsof ze haar al kende.

'Jij bent Miriam', zei ze.

'Ja', zei Miriam.

Elisabeth stak het pluchen konijn omhoog.

'Elisabeth', zei Miriam.

'Coco's konijn', zei Elisabeth.

'Och, het kooonijn', zei Miriam, die een Gronings accent had.

Weer lachte Elisabeth. Het was goed. Hij mocht met deze

kleine mollige vrouw leven. De telefoon ging. Miriam draaide zich om, ze had een platte kont. Ze was mollig in de breedte. Wel heupen, geen kont. Elisabeth wist dat zij de beste was en ze gaf hun in stilte toestemming. Het deed er niet toe. Die vrouw deed er niet toe.

De kapper zet de droogkap uit en voelt aan haar haar.

'Nog even', zegt hij.

'Jij hebt haar nooit ontmoet, hè?

'Wie?'

'Wilberts nieuwe vrouw.'

'Nee,' zegt de kapper, 'heel simpel vrouwtje toch?'

'Ja,' zegt Elisabeth, 'lieve vrouw, hoor, echt een lieve vrouw.'

'Ja hè? Vijf minuutjes nog.' Hij zet de kap weer aan.

De kapper helpt haar in haar jas en maakt nu ook de rits dicht.

'Kom 's hier, Lies', zegt hij en hij kust haar driemaal op haar wangen. Het is de eerste maal dat hij haar zoent. Meteen draait hij zich om, om de deur voor haar te openen.

Ze wil langs de lijstenmakerij lopen, maar ze is te moe. Als ze eindelijk thuis is, en in haar eigen gang staat, is het trillen zo erg geworden dat ze de rits van haar jas nu echt niet meer openkrijgt. Ze gaat zitten op haar rollator. De bel gaat. Coco rent de trap af en stokt als ze haar ziet.

'O ... Je bent er alweer.'

Elisabeth weet niet wat die 'o' betekent, behalve dat alles altijd iets betekent en dat ze te moe is om nog iets te ontcijferen.

'Kun jij de deur opendoen?' vraagt ze.

'Papa komt helpen met het bed.'

'Dat weet ik toch. Kun jij even opendoen?'

Coco loopt langs haar heen en wacht bij de deur.

'Miriam dus ook.' De bel gaat nog eens.

'Doe nou maar open.'

Coco opent de deur, maar langzaam. Elisabeth ziet Wilbert, gewoon Wilbert. Ach natuurlijk, niets is anders. Ze ziet hem altijd op Coco's verjaardag, maar nooit meer hier in huis. Miriam staat achter hem. Wilbert kust zijn dochter en stapt de gang in. Elisabeth lacht naar hem.

'Ach, ga je net weg?' vraagt hij.

'Ik kom net thuis,' zegt ze, 'ik heb mijn jas nog aan. Kun jij me helpen met de rits? Ik krijg de rits niet los.'

Wilbert kijkt raar. Ze kijken allemaal raar.

'Ik tril, ik krijg de rits niet los.'

Wilbert doet niets.

'De rits moet gewoon open,' zegt ze, 'dat is alles.'

'Ik help wel', zegt Coco.

Onmiddellijk stapt Wilbert opzij en Coco helpt haar uit haar jas. In het portiek staat Miriam nog. Ze verroert zich niet. Iedereen kijkt nu naar haar. Waarom doen ze dat? Dat moet vervelend zijn.

'Kijk 's aan', zegt Elisabeth.

'Ja,' zegt Miriam, 'kijk 's aan.'

'Ouder geworden hè?' zegt Elisabeth.

'Pardon?'

'Dat je oud bent geworden.'

'Ma!' Wat nou weer.

'Zijn we toch allemaal?'

'Wij allemaal, Coco, wij allemaal!' Miriam lacht. Dat hoeft ze niet te doen. 'Ik ben meegekomen, ik hoop dat je dat niet vervelend vindt. Wilbert dacht dat ik kon helpen met het bed. Ik dacht dat het wel kon.' Nu glimlacht ze als iemand met pijn, maar ze verzet nog steeds geen stap.

'Moest jij niet in de winkel blijven?'

'Ik werk allang niet meer in de winkel.'

'Mama, dat weet je toch.'

'Ik werk aan huis', zegt Miriam.

'Kom je nog binnen?'

'Ja?'

Was ze niet duidelijk? 'Je bent toch geen vampier?'

'Ma!'

'Omdat vampiers geen huis binnen kunnen gaan totdat ze worden uitgenodigd.' Ze zegt het snel. Gewoon even uitleggen. 'Daarom.'

'Ma!'

'Wat?'

'Doe normaal.'

'Ik zeg niet dat ze een vampier is. Zo vatte jij het toch niet op, Miriam?'

'Nee, natuurlijk niet.'

'Kom binnen', zegt Coco en dan pas stapt Miriam de gang in.

'Wist je dat niet?' Elisabeth wil niet verkeerd begrepen worden. 'Je moet uitgenodigd worden door iemand die echt in het huis woont. Als vampier dan.'

'Ik woon toch echt in dit huis', zegt Coco.

Elisabeth denkt: dat is niet waar en zegt: 'Het doet er ook niet toe, want Miriam is geen vampier. Toch? Miriam?'

'Niet dat ik weet.' Miriam giechelt.

'Jullie willen zeker koffie?' Vriendelijk zijn. Duidelijk vriendelijk zijn. Ook tegen haar. 'Miriam ook? Kom maar, hoor, nee, rechts, wij zitten hier altijd in de keuken. Toch? Wilbert?'

'Waar moet het bed?' vraagt Wilbert. 'Laten we eerst het

bed doen.' Hij loopt de kamer in. Coco en Miriam gaan hem achterna.

De leugenaar. Alsof hij haar niet kent. Alsof ze niet altijd in de keuken zitten. Alsof al die jaren dat ze niet meer samen waren geen onzin zijn, niet verder zouden kunnen gaan waar ze gebleven waren. In drie dagen maak je een lijst vijf eeuwen oud, in twee uur maak je 'm nieuw. Tijd is niets.

Elisabeth staat op de drempel achter haar rollator.

Miriam zegt: 'Coco heeft het ons natuurlijk allemaal een beetje verteld hoe het zit en zo.'

Elisabeth is heel nieuwsgierig naar wat Coco 'allemaal een beetje heeft verteld', maar ze wil niet moeilijk doen. Ze ziet het ongemak. Ze zegt: 'Dat is goed.'

'Het is klote', zegt Wilbert.

'Ja', zegt Elisabeth.

'Het bed', zegt Coco.

Elisabeth stapt opzij, Coco en Miriam gaan de trap op naar boven. Wilbert blijft nog even in de gang staan. Hij wacht tot Coco en Miriam hem niet meer kunnen horen.

'Gaat het?' vraagt hij.

'Het gaat', zegt Elisabeth. Wilbert heeft zich gisteren geschoren, vandaag niet. Ze kan nog steeds aan zijn baardgroei zien hoeveel dagen het geleden is. Ze voelt het in haar handpalm. Ze weet hoe het voelt als ze haar hand op zijn wang zou leggen.

Het bed staat in de serre, onder de oude kroonluchter, voor het grote raam dat de hele achterwand beslaat. De bank staat haaks op het bed. Het past als de serredeuren openblijven. Haar moeder is al die tijd in de keuken gebleven. Coco staat naast het bed en kijkt de tuin in, die een paar meter lager ligt. Het souterrain wordt niet meer gebruikt. In het terras met de grindtegels probeert ze de barst te ontdekken waar ze is gevallen, maar de tegels zijn groen en modderig en bedekken de barst.

Coco wacht tot haar vader en Miriam klaar zijn met gedag zeggen tegen haar moeder. Ze wil dat ze gaan, maar ze gaan maar niet. Ze hoort haar moeder alweer iets over koffie roepen.

Met tegenzin gaat Coco de kleine keuken binnen.

Haar vader klopt tegen de verwarming en zegt: 'Die moet je ontluchten.'

Haar moeder zegt: 'Of drink jij liever thee, Miriam?'

Miriam zegt: 'Ik wil even zeggen: ik vind het heel naar voor je, met de ziekte en zo. Als wij iets kunnen doen om je te helpen, dan staan we vanzelfsprekend voor je klaar.'

Coco wordt misselijk. Niet alles kun je mengen, denkt ze. Sommige dingen smaken echt niet naast elkaar.

'Dan wordt het koffie', zegt haar moeder.

'Ik hoef niet', zegt Coco.

'Lekker.' Miriam gaat zitten.

'Jullie mogen best gaan', zegt Coco. 'Dat met dat bed kon ik gewoon niet alleen en Hans zit met zijn werk en zo. Echt geweldig dat jullie hebben geholpen, maar jullie mogen gewoon door, hoor. Martin komt straks ook nog.'

'Ze wil koffie', zegt haar moeder.

'Als het geen moeite is', zegt Miriam.

'Wil je nou koffie of niet?'

'Nemen jullie niet?'

'Last van mijn maag.' Haar vader loopt naar de huiskamer.

'Ongedurige man,' zegt haar moeder, 'altijd al geweest. Coco, ook koffie?'

Coco wil weg uit de keuken, wacht tot haar vader terugkomt, het oplost. Haar vader blijft weg.

Haar vader zit op het bed.

'Kan dat wel,' vraagt Coco, 'die twee samen?'

Haar vader zegt: 'Miriam is heel goed met mensen.'

'Lekker makkelijk ben jij.'

'Het zijn volwassen mensen.'

'Gaat ze nu echt koffiedrinken?'

'Ik denk het.'

'Volgens mij heb ik ze nog nooit zo lang bij elkaar gezien.'

'Op je verjaardag?'

'Is anders, is met meer mensen. Dit is … Dit is … een Barbie en een Fleur.'

'Een Barbie en een Fleur?'

'Vroeger had ik Barbies maar ook een Fleur. Fleur had een veel groter hoofd. Als je Fleur alleen zag was dat helemaal niet raar, maar met Barbie ernaast was dat hoofd ineens heel gek, en die kop van Barbie veel te smal. Zo is het een beetje met mama en Miriam. Als ze alleen zijn, zijn ze niet raar, maar samen …'

Haar vader lacht.

'Toch?'

'Leuk voor Hans,' zegt hij, 'die conferentie in Seattle.'

'Hoezo?'

'Dat hij nou keynotespeaker is, bijzonder toch?'

'Wat is hij?'

'Keynotespeaker. Toch? Ik kwam hem gisteren tegen bij Hoogstins, hij zat koffie te drinken bij Eelke. Stoer, hoor.'

'Wat?'

'Keynotespeaker.'

'Ja.'

'Wist je dat niet?'

'Ik weet niet ... of ik het wist.' Ze schrikt. Ze weet ineens heel goed dat ze het had moeten weten. Hans heeft het al maanden over die conferentie. Maar het woord is langs haar heen gegaan, alsof het haar vader was met de omzetcijfers tijdens het avondeten. Elke dag vermeldde hij wat er verkocht was. Of het mee- of tegenviel.

Zij leerde net als haar stiefmoeder op het juiste moment te glimlachen en soms 'O ja joh?' te zeggen wanneer hij twee espressoapparaten op één dag had verkocht.

Ineens ziet ze de momenten voor zich waarop Hans over de conferentie sprak en ze vraagt zich af of ze zelfs wel 'O ja joh?' heeft gezegd.

'Niets is zo fijn als schone lakens', zegt Coco terwijl ze het hoeslaken over het matras trekt en Elisabeth niet zegt dat daar eerst een molton onder moet.

Ze zit op de bank naast haar bed, kijkt naar haar dochter alsof zij weer vijf jaar oud is en wil helpen met de was opvouwen, maar het met haar hulp alleen maar erger maakt.

'Weet je dat papa zegt dat je me opsloot op mijn kamer toen ik nog geen anderhalf was?'

Elisabeth hoort hoe haar dochter luchtig probeert te klinken. Dus antwoordt ze net zo luchtig: 'Zegt hij dat?'

'Dat zegt hij, ja.'

'Die vader van je.' Ze doet haar best om bij Coco te passen, steeds weer. Ze had de avond ervoor zelfs geprobeerd om meer te eten, enkel om te laten zien dat ze heus niet zo veel verschilden, al weet ze beter.

'Dat is toch niet zo?' Haar dochter kijkt haar aan.

Ze antwoordt niet snel genoeg. Nu kan ze niet meer terug. 'Je vader verzint zoiets toch niet. Waarom zou je vader zoiets verzinnen?'

'Jij sloot mij op?'

'Weet jij er nog iets van?'

'Dus het is zo?'

'Maar kun jij het je herinneren?'

'Mama, sloot jij me op toen ik *anderhalf* was?'

'Het was een andere tijd, hè', zegt Elisabeth en ze probeert te klinken als de kapper.

'Een kind van anderhalf sluit je niet op.'

'Je huilde niet harder als je op je kamer zat. Echt niet. Het maakte niets uit.'

'Anderhalf?'

'Wil je me die plastic tas aangeven?' Ze wijst onder het bed. Coco bukt en geeft haar de apotheektas.

'Anderhalf?' herhaalt ze.

Elisabeth haalt de morfinepleisters uit de tas en legt ze naast zich op de bank.

'Zegt papa anderhalf?'

'Wou je zeggen dat hij liegt?'

'Liegen? Hoe kom je daar nou bij?'

'Je draait eromheen.'

'Doe ik dat?' Ze vouwt de bijsluiter open.

'Ja, dat doe je. Kan dat later?'

'O, sorry, stoort het je?'

'Ja.'

Elisabeth stopt alles terug in de tas.

'Zo erg is de pijn nou ook weer niet. *I suppose.*'

'Wat?'

'I suppose.'

Haar dochter kijkt naar de tas.

'Zo, leg maar terug.' Ze geeft haar dochter de tas. 'Kunnen we gewoon even praten. Zeg het 's. Ik heb geen geheimen. Wat wil je weten?'

'Waarom sluit je een kind van anderhalf op?'

Elisabeth wil best eerlijk antwoord geven, maar haar gedachten nemen al een andere weg. 'Een box is eigenlijk ook een soort opsluiten hè?'

'Ma, ik vraag iets.'

'Daar moet een molton onder.'

'Hè?'

'Onder de matrashoes moet een molton. Ja, ik zeg het maar eerlijk. Je wilt toch dat ik eerlijk ben?'

‘Waarom sloot je me op?’

Elisabeth zoekt naar iets waars wat ze delen wil. Ze heeft een goed geheugen. Ze zegt: ‘Ik had overal kussens neergelegd. Op je kamer. Alle kussens van de bank en de zittingen van de oude rookstoelen. Ik had hoofdkussens met riemen vastgemaakt aan de hoeken van de kasten zodat je je niet kon stoten. Ik had drie speenflessen neergezet. Twee met water en een met versgeperst sinaasappelsap. Dat vond je lekker. Ik had koekjes in kleine stukjes gebroken en in plastic zakjes gedaan. Jij at toen heel slecht, behalve als je het eten zelf uit een klein zakje kon halen. Dat vond je leuk.’

Haar dochter zegt niets.

‘En er was speelgoed,’ zegt Elisabeth, ‘kartonnen kubussen, van groot naar klein, die in elkaar pasten. Een houten vuurtoren met gekleurde ringen. Een boek met dieren waar geluid uit kwam. Een grote koe die loeide als je op haar buik drukte.’

‘Hoelang liet je me daar?’

Elisabeth kijkt naar de lichte plukken in het haar van haar meisje en dan dwalen haar ogen af naar haar mollige nek.

‘Ik kuste je graag in je nek’, zegt ze. ‘Mijn gezicht paste precies in jouw hals. Je rook zo lekker als kind.’ Ze weten het niet, dat je van ze houdt, je moet het ze zeggen. Steeds weer. ‘*Ik hou veel van je*. Dat zei ik als ik je ’s avonds instopte. *Dag meisje, ik hou veel van je.*’ Elisabeths blik dwaalt af. Ze kijkt uit het raam en denkt aan de matgrijze Mercedes. Dan trekt haar dochter wild de matrashoes van het bed.

‘Ben je nou boos?’

‘Waarom zou ik boos zijn? Daar moet toch een molton onder. Leg het me uit, mama, waarom zou ik boos zijn?’

‘Omdat ik je opsloot. Je bent boos omdat ik je opsloot. Toch?’

'Ja, denk je?'

'Toen niet. Toen niet, hoor. Je was ook boos als ik je niet opsloot. Jij was altijd boos. Het maakte niet uit.'

'En dat verwijt je een kind van anderhalf?'

'Nee, lieverd, daar hoef jij je niet schuldig over te voelen, dat kon jij ook niet helpen.'

'Ik voel mij niet schuldig!' zegt Coco. 'Wat denk jij wel!'

Weer heeft Elisabeth dat vreemde gevoel in haar borstkas. Misschien toch maagzuur. Haar dochter loopt weg, de kamer uit.

'Wat is er nou?'

'Ik haal een molton!'

Ze hoort de zware voetstappen op de gang, de trap, de overloop. De krakende deuren van de grote oude linnenkast boven. Aan de binnenkant van de deur van de kast zit een halve Donald Ducksticker. Coco heeft hem daar ooit opgeplakt. Elisabeth heeft hem proberen te verwijderen, maar zijn poten en een deel van zijn staart gingen er niet af. Daar waar zijn bovenlijf zat is een deel van de verf weg. Voetstappen naar beneden. Coco lijkt rustiger als ze terug de kamer in komt. Ze dekt zwijgend het bed en gaat er dan op zitten. Haar meisje haalt een hand door haar haar.

'Laat je je haar lang groeien?'

'Het is net geknipt.'

'Ah, dan is dat het, ik wist dat er iets anders was.'

'Ik zou moeten studeren.'

...

'Ik zeg: ik zou moeten studeren.'

'Wat heeft dat met je haar te maken?'

'Ik heb het niet over mijn haar. Ik zou mijn bureau hier wel willen.'

'Natuurlijk,' zegt ze, 'je bureau hier', want ze wil nu even alles snappen. Ze knikt al.

'Denk je dat ik Martins busje kan lenen?'

'Ja', zegt ze, want van Martin mag je altijd zijn busje lenen en net zo lief helpt hij je en Elisabeth zegt wat haar dochter wil horen: 'Wil je zijn nummer?' en zelfs: 'Of moet ik hem even bellen?'

Er ging iets mis tussen haar en Wilbert na Coco's geboorte en nu is alles bijna voorbij en Wilbert is weg en Coco is hier. Wilbert ging vreemd naar haar kijken en Coco keek later al net zo. Ze is pas vreemd sinds ze moeder is en ze weet dat ze dat het kind niet kan verwijten al begrijpt ze steeds minder waarom niet en heeft ze nu al spijt dat Coco's bureau hiernaartoe komt.

'Het is iets meer geworden', zegt Coco. Het bureau staat in de gang. Dozen en tassen wachten op de stoep. Martin zoekt een parkeerplaats voor het busje.

'Ja', zegt haar moeder.

'We waren toch aan het rijden.'

'Ja, nu je het busje hebt ...'

'... moet je er gebruik van maken.' Haar moeder kijkt naar de vuilniszak in haar hand.

'Kleren', zegt ze.

'Kleren', herhaalt haar moeder.

'Ik loop vast wat naar boven.' Ze neemt de vuilniszak mee de trap op, keert zich na twee treden om: 'Kan ik iets voor jou mee naar beneden nemen?'

'Voor mij?'

'Spullen die je beneden wilt hebben. Ik loop nu toch.'

'Ja, kun je net zo goed ...'

'Nu ik toch loop.' Haar moeder houdt haar blik op de vuilniszak in haar armen gericht. Coco wil liever niet dat haar moeder toekijkt hoe ze alles naar binnen brengt en ze zegt: 'Ga lekker liggen, joh.'

'Ja,' zegt haar moeder, 'ik ga lekker liggen.'

Coco hoort dat 'lekker' niet haar moeders woord is.

Het bureau staat op de overloop. Martin en Coco rusten even uit.

'Past dat wel in jouw slaapkamer?' vraagt Martin.

'Krap.' De deur naar haar moeders slaapkamer staat open. Het is de grootste en mooiste kamer op de eerste verdieping. Het is er leeg zonder haar bed. Beiden kijken ernaar. Coco wacht.

'Zeg het maar,' zegt Martin, 'waar wil je het hebben?' Coco wacht.

'Naast je bed?'

'Blijft er weinig ruimte over.'

'Ja.'

'Wat nu?'

'Zeg het maar.'

'Laten we het maar even op mama's kamer zetten,' zegt Coco, 'dan zie ik later wel.' Ze tillen het bureau naar binnen.

'Hoe gaat het op de zaak?' vraagt Coco.

'Het is aanpoten zonder je moeder.'

'Druk?'

'Ze is eigenlijk de enige die kan vergulden', zegt Martin. 'Ze was het de anderen aan het leren, maar niemand is zo goed als zij.'

'Het is geen gewone vrouw.'

'De beste lijstenmaker van de stad, dat is ze.'

'Gemakkelijk is ze natuurlijk niet.'

'Geloof niet dat ze ooit een dag ziek is geweest.'

'Papa werd altijd woest als ze zei: "Op mijn werk zijn ze blij met me." Zei die zelf.'

'Dat zijn we ook.'

'"Op mijn werk heeft niemand problemen met me", zei ze dan.'

'Hebben we ook nooit gehad.'

'Heeft hij me zelf verteld. Hoe ze ruziemaakten. Ik herinner het me niet meer. Maar dan zei hij dat ze niet goed bij d'r hoofd was en dan zei zij weer: "Op het werk heeft nooit iemand moeite met mij."'

'Nee, nooit.'

'Vakvrouw natuurlijk.'

'En geduldig met mensen. Geen stagiair die haar gek kreeg. Heel goeie docent.'

'Docent?'

'Willen jullie koffie?' roept haar moeder van beneden. Martin loopt al weg.

Martin zit op de rand van haar moeders bed. Ze praten over hun werk, gebruiken woorden die Coco niet kent. Mooie woorden. Konijnenlijm, champagnekrijt. Het is alsof ze de lijstenmakerij kan ruiken, waar ze als kind misschien maar een of twee keer is geweest. Net normale mensen, denkt Coco.

'Je hoeft me niet uit te laten, blijf liggen.' Martin omhelst haar. Het ziet er niet onnatuurlijk uit. Terwijl Coco zeker weet dat ze haar moeder niet eerder iemand heeft zien omhelzen.

'Ik zou graag weer terugkomen, als al dit gedoe ...' Haar moeder maakt een wegwerpgebaar langs haar bovenarm waarop een morfinepleister zit geplakt. 'Ik zou graag weer terugkomen. Als mijn handen niet zo zouden trillen zou het gaan. Als ik erbij kon zitten.'

'Is er nog post die ik mee moet nemen?' vraagt Martin.

'Coco,' zegt haar moeder, 'kun jij dat stapeltje pakken dat op het dressoir ligt?'

Coco pakt de post. In de gauwigheid ziet ze enveloppen van formele instanties, zorgverzekeraar, UWV maar ook een ansichtkaart. 'We denken aan je. Hans en Janine'. De buren.

Ze verwacht dat haar moeder een selectie zal maken van zakelijke en privépost, maar ze zegt: 'Wil je een tasje of gaat het zo mee?' Martin pakt de stapel in zijn geheel aan en kijkt er even naar. Hij leest ongegeneerd de tekst op de ansichtkaart.

In zijn groezelige linnen tasje dat hij altijd meedraagt verdwijnt haar moeders post. Ook de ansichtkaart.

'Je doet veel voor mama', zegt Coco.

'Al het papierwerk is voor Martin', zegt haar moeder.

Coco denkt aan haar eigen ansichtkaarten die ze als kind naar haar moeder stuurde. 'Een ansichtkaart is toch geen papierwerk,' zegt ze, 'dat is toch iets anders dan administratie? Mama, je kunt toch niet ook je privéleven uitbesteden.'

Haar moeder kijkt haar lang aan, alsof ze haar niet heeft begrepen, maar zegt dan: 'Voor de begrafenis moet Martin toch weten wie er allemaal belangstelling heeft getoond, als hij dat straks allemaal moet regelen.'

'Begrafenis.'

'Martin regelt alles. Maak je geen zorgen.'

Elisabeths handen liggen op haar buik. Ze voelt elke trilling onder haar huid. De handen liggen daar met dezelfde verwachting als tijdens haar zwangerschap, dat de beweging zo wel komen zal, dat het kind naar de handen zal zwemmen, het daar zal draaien, wringen, duwen, rollen. Bewegingen die elke dag groter werden. Maar later, toen het kind ergens anders heette te zijn, bleven die handen daar liggen en altijd was er wel een trilling, een huivering, beweging. Het kind was daar nooit meer weggegaan. Elisabeth sluit haar ogen en voelt de minuscule bewegingen onder haar vingers. Dan een klap. Er valt iets boven. Ze hoort Coco vloeken.

'Wegblijven', fluistert Elisabeth. Er wordt boven iets groots over de vloer geschoven. Elisabeth gaat overeind zitten. Zal zo wel komen. Zal wel weer willen praten. Ze hoort een deur en ze zucht al, daar zul je haar hebben. Er volgen geen voetstappen.

Ik wil gewoon even liggen. Kan een mens gewoon even liggen? Nu is het weer stil. Wat moet ze nou toch? Elisabeth slaat de dekens van zich af, gaat op de rand van het bed zitten.

Zal wel koffie moeten. Wat drinkt dat kind veel koffie. Alles gaat sneller op met haar in huis. Waar blijft ze nou?

Elisabeth staat moeizaam op uit haar bed en houdt zich vast aan haar rollator. Ze rijdt ermee de kamer door, tilt het ding over de drempel, gaat de gang door, luistert onder aan de trap.

'Coco?' Geen antwoord.

'Coco?' Weer niets. Ze kan toch snappen dat het zwaar is, dat schreeuwen.

'Coco?!' Moet ze nou koffie of niet? Het is veel te koud in de gang.

'Cooocooo?!' Eindelijk een deur en voetstappen.

'Ja, wat is er?' Coco staat boven aan de trap.

'Wil jij nou koffie?'

'Koffie?'

'Is dat zo'n moeilijke vraag?'

'Heb je al gezet?'

'Hoezo?'

'Ga je koffiezetten?'

'Als jij koffie wilt.'

'Wil je koffiedrinken ...? Samen?'

'Wíl jij koffie?'

'Ik wil best koffie, maar ik zit te studeren. Maar als je hebt of als je toch ging zetten ...'

'Nou ja, dan zet ik wel, als jij koffie wilt.' Elisabeth zucht, draait haar rollator en gaat naar de keuken.

'Wat is er nou?' roept Coco haar na.

'Ik ben dat gewoon niet gewend,' roept Elisabeth terwijl ze de keuken binnengaat, 'dat ik weer de hele dag koffie voor iemand moet zetten. Ik drink zelf alleen 's morgens twee kopjes.'

Coco komt met zware passen de trap af, loopt achter haar aan de keuken in. 'Jij begint over koffie!'

Elisabeth vult de kan met water. Zet de volle kan op de rollator en wil ermee naar het andere eind van het aanrecht lopen. Het water klotst.

'Kun jij even koffiezetten? Dat gaat veel sneller.'

'Als jij koffie wilt, mam, dan kun je dat gewoon vragen, hoor. Ik zet met alle liefde koffie voor je.'

'Nee, dank je, ik drink 's middags geen koffie.' Coco staart haar aan, de kan in haar handen. Donkere blik. Weg met haar, weg. Niet vragen, niet willen weten wat nu weer. 'Wat?' had ze niet moeten vragen. Laat het, laat het. Laat gaan.

'Ik zat te studeren.'

'Ja, en ik lag heerlijk rustig in mijn bed. Ik vind het niet erg om alleen te zijn.'

'Gelukkig. Ik laat die koffie even, ik moet sowieso minderen. Ik ga weer naar boven.'

Elisabeth voelt paniek bij het idee van Coco naar boven. Alsof Coco weer aan de overkant van de Overtoom fietst en er constant iets niet klopt. Weg moet dit, dit niet-kloppende, dit ongepaste. Maar Coco loopt de keuken uit en met elke stap die ze van haar vandaan zet, maakt ze alles nog minder passend en omdat 'Ga weg' niet kan, omdat 'Ga helemaal weg, besta niet', geen optie is voor een moeder, gebruikt ze woorden die ze lelijk vindt, Wilbertwoorden, Cocowoorden. Ze is al in de gang.

'Misschien werkt het niet.' De voetstappen stoppen. Deze woorden snapt het kind. 'Misschien werkt het niet, Coco.' Coco komt terug, de blik nu anders. Elisabeth gaat op haar rollator zitten. Verder nu. Coco weer in de keuken. 'Het geeft niet als je het niet volhoudt met mij. Martin helpt je met alle liefde terugverhuizen. Ik heb het hem al gevraagd.'

'Wát heb je hem gevraagd?'

'Dat, als, zodra, dat hij dan ...'

'Je wilt dat ik ga?'

'Ik wil dat jij gelukkig bent.' Dat is waar. Onder andere. Onder andere waar. Onderandere, onderandere, randere.

Coco gaat aan de keukentafel zitten en zegt: 'Ik wil híér zijn.'

Blok. Het houten stopblok van de speelgoedtrein. Zo is Coco's zin.

Groter blok nu: 'Ik wil dat je gaat.' Het is gezegd. Het is gedaan. Vecht er niet tegen. Gefaald. Nu de woorden afwachten, alles gaat voorbij. Laat het verhaal maar ontstaan: *Tussen de moeder en de dochter kwam het nooit meer goed.*

Coco blijft kalm.

'Ga.' Schreeuwen zal haar dochter toch wel.

Nog steeds stilte. Kom maar.

'Ik heb nu even geen huis.'

Wat gebeurt er? Waar is het schreeuwen, het waaien, het stampen?

'Ik heb nu even geen huis.'

'Ja, dat zei je.'

'Mijn kamer. Ik moest eruit.'

'Je moet je kamer uit?'

'Ik ben eruit. Ik moest er al uit. Heb ik toch gezegd? Dat ik mijn kamer uit moest?'

Het tuimelt. Elisabeth weet nog nauwelijks wat er tuimelt, behalve dat het tuimelt. Er zijn altijd abstracte bouwwerken van gedachten waarvan ze dacht dat ze niet bestonden, maar die ineen kunnen tuimelen en toen dus bleken te bestaan. Zo tuimelt haar dochters toewijding ineen.

'Dat heb ik toch gezegd', zegt haar dochter.

Elisabeth kan nu alleen maar braaf knikken en antwoorden: 'Ja, dat heb je gezegd ... op de Overtoom.' Want ze heeft een goed geheugen. Ze had alleen verder moeten denken, verbanden moeten leggen. Het is haar eigen schuld.

'Waar zijn al je spullen?'

'Ik heb niet zo veel.'

'En wanneer is dat allemaal gebeurd?' vraagt Elisabeth en ze herinnert zich soortgelijke zinnen van jaren geleden: *En wanneer zag je haar dan? En hoelang is dat al gaande?*

'Doet dat ertoe?' vraagt haar dochter.

'Dat zei je vader ook', zegt Elisabeth.

'Hè?'

'"Doet dat ertoe?" ... "Het gaat niet om die ander. Het gaat om wat er tussen ons is. Of niet meer is."'

'Waar heb jij het nu over?'

'O, die hele toestand, toen.'

'De scheiding, bedoel je.'

'Ja, die hele toestand met Miriam.'

'Had hij toen al iets met Miriam?'

'Dat doet er niet toe. Daar ging het niet om.'

'Jezus, ma, jullie zijn al een eeuwigheid uit elkaar.'

'Ja.'

'Jezus.'

'Dus je moest je huis uit, maar ... dat doet er niet toe.'

'Ik moest mijn huis uit, ja.'

'En je wilde bij mij zijn.'

'Ja.'

'En je moest je huis uit.'

'Ja.'

'Maar je wilde ook ... echt ... bij mij zijn. Dat wilde je.'

'Ik had ook weer bij papa kunnen gaan wonen.'

'En de massagesalon van Miriam dan?'

'De shiatsupraktijk, bedoel je.'

Ze wacht en vraagt dan: 'Loopt dat nou een beetje?' Coco zegt niets. Nog een keer vragen is dan de regel, om te bewijzen dat ze werkelijk geïnteresseerd is. Nog een keer vragen, anders geef je ze gelijk dat het je helemaal niets interesseert. Dat je een goed geheugen hebt, maar het woord 'shiatsu' niet kunt onthouden omdat je het niet wilt onthouden. Te moe. Tuimel maar. Laat alle interesse ook maar vallen. Ze staat op, de vraag nog in de lucht: *Loopt dat nou een beetje?*

'Ik ga even liggen.' Langs de dochter met de rollator. Niet aanraken.

'Wat is er nou?' roept de dochter na.

'Heel moe!' is waar. Heel moe. Terug naar het bed met de handen op de buik, het kind laten zwemmen. De kleine vis in haar.

Coco belt de kapper en vraagt hem of hij voor één keer aan huis wil komen. Ze weet hoe graag haar moeder hem ziet. Het is een cadeau.

Ze heeft niet gelogen over haar huis. Ze gaat alle woorden na tussen haar en haar moeder en weet zeker dat ze niet heeft gelogen. Toch wil ze haar moeder een cadeau geven als iemand die iets goed moet maken.

'Dat doe ik eigenlijk niet,' zegt de kapper, 'aan huis.'

'Ze gaat dood', zegt Coco. Alles om de kapper over te halen. De kapper twijfelt.

Ze zegt: 'Het kan de laatste keer zijn', en voelt de warmte naar haar wangen stijgen. Godverdomme, watergolf, ze heeft tegenwoordig watergolf en gaat het liefst elke week naar de kapper. No way dat ze binnen zeven dagen sterft.

'Goed', zegt de kapper.

Daarna belt ze Martin en zegt ze dat haar moeder nauwelijks meer alleen kan zijn. Ze gaat nu hard achteruit. Hoe langer ze praat, hoe meer het als waarheid klinkt en vanzelf begint Coco te huilen en dan vraagt ze hem: 'Het is echt zo, hè? Het gaat slecht, toch?'

Dan belt ze Hans.

'Het gaat niet goed met mama.'

'Meisje toch.'

'Het ziet ernaar uit dat ik voorlopig hier moet blijven. Het is niet anders.'

'Heb je haar huisarts al gesproken?'

'Die komt deze week, geloof ik.'

'Dan weet je weer iets meer.'

'Wanneer zie ik je weer?'

Hij antwoordt niet meteen. 'Het is niet veranderd', zegt hij.
'Ik weet het.'
'Ja?'
'Je gelooft er niet meer in.'
'Nee.'
'Dus je wilt me niet meer zien?'
'Natuurlijk wil ik je nog wel zien.'
'Maar?'
'Ik vind eigenlijk dat ik het je niet aan mag doen, dat ik je los moet laten.'
'Wil je dat?'
'Nee, maar ...'
'Laat mij het bepalen. Ik bepaal zelf wat je me wel of niet aan kunt doen. Ja? ... Alsjeblieft?'
'Ja.'
'Goed.'
'Er is een tentoonstelling in Haarlem die ik wil zien. Sculpturen.'
'Dan gaan we naar een tentoonstelling in Haarlem,' zegt Coco, 'kun je morgen?'
Als ze ophangt is ze heel tevreden.

Coco zingt tijdens het koken een Russisch lied. Ze stampt erbij en als ze wacht tot het water kookt voor de rijst, klapt ze zelfs in haar handen. Het goede humeur blijft lang aan, zelfs terwijl ze met haar moeder eet. Pas als ze in bed ligt en denkt aan de volgende dag realiseert ze zich dat ze helemaal geen zin heeft in een tentoonstelling met sculpturen en valt alsnog woedend in slaap en denkt: knap is dat, ik kan dat, woedend zijn en toch slapen.

Elisabeth noemt de taxichauffeur het adres van de lijstenmakerij en ze zucht, opgelucht, alsof ze nu klaar is, dit de laatste rit is. Even mag ze van zichzelf denken: hierna hoef ik nooit meer terug. Zo kijkt ze nog eenmaal naar de huizen in haar straat waar ze langsrijden. Nog eenmaal steekt ze de kruising over, voor het laatst de smalle straat in naar de zaak.

De auto stopt voor de glazen pui. De taxichauffeur helpt haar met uitstappen. Marlie staat achter de computer en kijkt op. Ze zwaait. Veel te enthousiast. Zo zwaai je naar mensen die niet vaak komen, niet naar een collega, niet naar iemand die er gewoon hoort te zijn.

Als ze de zaak binnenkomt staan haar collega's dadelijk om haar heen. Ze blokkeren het pad naar haar tafel en zeggen haar omstandig gedag.

Ze kijkt ze niet aan, ze probeert langs ze heen te kijken en zegt: 'Ik wil aan mijn tafel.' Martin pakt een kruk en zet 'm bij haar tafel. Ze gaat zitten, weet dat ze hier nooit zat maar altijd stond, sluit haar ogen en grijpt naar het gereedschap dat op de hoek van haar tafel hangt. Blind weet ze haar spullen te vinden. Hamer, ja. Nijptang, ja. De veger. De veger is weg. Ze opent haar ogen.

'Wie heeft mijn veger?'

'Welke was van jou?' vraagt Marlie.

'Waarop staat: "Alleen voor tafel". Hij hoort hier te hangen.' Ze voelt tranen. Haar veger is weg. Frans, die achterin hoort te staan bij de zaagmachine, brengt haar haar kistje.

'Ligt-ie hier niet in?' vraagt hij.

'Zet terug', zegt Elisabeth. Ze gaan haar verdomme het

kistje meegeven met haar gereedschap, zoals je dat alleen geeft aan mensen die niet meer terugkomen.

'Kijk zelf maar even.' Frans wil het kistje op tafel zetten.

'Zet terug.'

'Niet kijken?' Hij zet het op tafel.

'ZET DAT KISTJE TERUG.' Zo kennen ze haar niet. Zo kent ze zichzelf niet.

'Zet dat kistje dadelijk terug!' Even beweegt niemand. Ze gaat niet glimlachen nu, in godsnaam niet glimlachen. Niets goedmaken, hier valt niets goed te maken, niet hier, alsjeblieft niet hier. Twintig jaar heeft niemand haar hier vreemd gevonden. Twintig jaar lang dacht ze er hier niet over na hoe ze zich tot een ander moest verhouden. Twintig jaar en nu wordt alles alsnog verpest. Als Martin haar zijn zakdoek geeft, realiseert ze zich dat ze huilt. Frans zet het kistje terug op de plank en gaat eindelijk terug naar de zaagmachine achter in de zaak.

Laat iemand alsjeblieft een machine aanzetten. Alsof haar gedachte is verstaan, hoort ze de krammer aanslaan. Tjak. Tjak. Doorgaan nu, alleen die geluiden.

Martin pakt een gouden lijst. Hij legt hem om een bont bloemenschilderij heen, op haar tafel.

'Wat denk je,' vraagt hij, 'is de binnenste rand nog te onrustig of laten we het zo?'

'Denk je dat ik gek ben?' vraagt Elisabeth. Twintig jaar lang was haar blik van belang. Nu is de vraag er om haar gerust te stellen. Martin antwoordt niet.

'Denk je dat ik gek ben?' Ze geeft hem de zakdoek terug. De hele zaak die twintig jaar lang uit het juiste materiaal, de juiste geuren en de juiste geluiden heeft bestaan is een poel van mensen geworden. Bedoelingen en gedachten zijn binnengelaten. De zaak is lek. Als ze nog even blijft zitten heb je kans dat er ook nog klanten binnenkomen. Hoe kan ze zonder drama wegkomen? Hoe kan ze vluchten zonder gezien te worden? Laat het maar vallen. De zaak is kapot. Ze laat zich trillend van de kruk zakken. Martin vangt haar net op tijd op.

'Ik moet weg.'

'Ik breng je,' zegt Martin, 'wacht hier, dan haal ik het busje.' Hij helpt haar terug de kruk op. Ze sluit haar ogen en laat haar hoofd hangen.

'Alles is verloren', zegt ze. Ze herinnert zich hoe Wilbert dat altijd zei aan het eind van een avond drinken: alles is verloren. En hoe mooi die grote woorden waren en hoe mooi het was dat ze niet wist wat het betekende, maar dat ze hem alleen maar hoefde te ondersteunen naar het bed toe en uit te kleden en te herhalen: 'Het geeft niet, het geeft niet', en alleen maar naast hem hoefde te gaan liggen. Alles is verloren. Ze wist toen niet dat hij ongelukkig was, dat het zo voelde, zoals nu, dit.

's Avonds valt ze. Haar benen doen het ineens niet meer. Als ze ligt is ze rustig, maar al snel vindt Coco haar, voor de deur van het toilet.

'Als ik er niet was geweest,' zegt Coco, 'dan was je vannacht hier gestorven.'

'Verdomme, ja', zegt ze.

Coco komt van de apotheek. De Mercedes van Hans staat er al. Hij is vroeg. Coco haast zich naar binnen alsof ze hem moet redden van haar moeder. Maar ze hoort hen lachen. Ze blijft staan voor de deur en luistert.

'... maar zelf herken je je dus niet in het beeld van een autist?' Coco wordt boos, tot ze haar moeder op heel redelijke en rustige toon hoort antwoorden.

'Ik kan me heel goed in een ander verplaatsen.'

'Dat denk je?'

'Dat denk jij toch ook?'

'Da's een goeie.' Hans lacht hard.

Mijn expliciete man, denkt Coco. Waarom stelt zij haar moeder nooit zulke vragen? Zo klinkt het ineens zo simpel.

'Jij hebt een goed geheugen?'

'Buitensporig.'

'Mag ik je over je jeugd vragen?'

'Wat wil je weten?'

Godverdomme, denkt Coco, hij behandelt haar als een cliënt. Ze schrikken op als ze de deur opent. Dat bevalt haar. Ze is jaloers. Ze weet nog niet op wie.

'Coco, er zijn er inderdaad niet veel van,' zegt haar moeder, 'auto's met dat type grijs. Ik zeg dat toch altijd, dat het zo'n mooie kleur is, van zijn auto? En dan doen jullie altijd alsof ik weer iets raars zeg, of dat ik het ergens niet over wil hebben of zo en dan maar over die lak begin, maar het is dus inderdaad een heel bijzondere tint.'

'Ik zeg net tegen je moeder dat ze een bijzondere verhouding tot materie heeft en dat ik haar daarover wil interviewen.'

'Interviewen?'

'Ik ben bezig met een artikel over antropomorfisme.'

'Voor Seattle.'

'Seattle gaat over neurosen.'

'... kon toch, dat het ... overlapte ...'

'Seattlespeech is al af.'

'Seattle?' vraagt haar moeder.

'Conferentie', zegt Hans.

'Ja,' zegt Coco, 'hij is keynotespeaker.'

'Is het werkelijk?' zegt haar moeder.

'Interesseert het je?' Hans kijkt blij.

'Mama moet rusten', zegt Coco.

Hans staat op. 'Ik bel je,' zegt hij tegen haar moeder, 'red je het alleen?'

'Martin is er over een uur', zegt Coco.

Als ze naast hem zit in de auto, zegt ze: 'Het is te intiem, wat je doet.'

Ze verwacht dat hij schrikt, maar hij zegt heel rustig: 'Ja, gek hè, dat dat zo voelt? Dat snap ik wel, hoor. Daar hoef je je niet voor te schamen.'

'Ik niet, nee.'

'O, ik? Moet ík me schamen, bedoel je dat?'

Ze antwoordt niet. Hij vraagt ook geen antwoord. Hij vindt zijn eigen vraag absurd.

'Schaam jij je weleens?' vraagt ze hem.

'Schamen is niet mijn talent', zegt hij.

'Nee.'

'Ik kan het niet ontkennen, je moeder en ik, wij hebben iets.'

'Bijzonder.'

'Ja, dat is het. Hé, als het echt belangrijk voor je is, dan hou ik afstand, hoor. Als het belangrijk voor je is moet je het gewoon zeggen.'

Coco durft de joker nog steeds niet in te zetten.

Ze legt een hand op zijn been, beweegt die hand langzaam naar zijn kruis. Alles is zacht daar. Ze wrijft, knijpt zachtjes. Er gebeurt niets.

'We moeten tanken', zegt hij.

Coco denkt aan Caramac. 'Heb jij ook al zo'n honger?'

'Nog lang niet.'

Elisabeth slaapt steeds meer. Als ze haar ogen opent zit Wilbert daar ineens. Op de bank naast haar bed.

'Wat doe jij hier?'

'Coco en Martin hebben een rooster gemaakt, zodat je niet meer alleen bent.'

'Ze haat me.'

'Wat zeg je?'

'Zodat ik nooit meer alleen ben.'

'Ze zei dat je gevallen was.'

'Ja, en?'

'Ze maakt zich zorgen.'

'Zoete wraak.'

'Doe niet zo raar.'

'Mocht jij zomaar weg van haar?'

'Miriam heeft nooit moeilijk gedaan over jou.'

'Zo.'

'Vind je het vervelend dat ik er ben?'

'Nee.' Haar hoofd ligt stil, het voelt zwaar. Ze probeert Wilbert aan te kijken, zijn ogen te zien, maar Wilbert kijkt steeds weg. 'Je hebt Coco verteld dat ik haar opsloot.'

'Begon ze daarover?'

'Ja.'

'Nou ja, dat was toch ook zo.'

'Ze wist het niet meer.'

'Nee.'

'En nu wel.'

'En dat is mijn schuld?'

'Ja.'

'Ík sloot haar toch niet op?'

‘Wat moet ze hiermee?’

‘Wil je alsnog moeder van het jaar worden?’

‘Ik heb het over Coco.’

‘Ah, ouderschapsoverleg. Niet ons sterkste punt.’

‘Ons’, zegt ze zacht.

‘Sorry,’ zegt hij dan, ‘ik wil niet lullig doen, misschien was het niet handig van mij.’

‘Wij hadden het goed toch, ooit? Voor Coco?’

‘Ja, ook.’

‘Ook?’

‘Ook goed, ja.’

‘Ik heb je dat nooit gezegd,’ zegt ze, ‘maar weet je dat ik altijd vond, op school al, dat je naar potloodslijpsel rook?’

‘Dat heb je wel gezegd.’

‘Heb ik dat wel ’s gezegd?’

‘Meerdere malen.’

‘Ja.’

Wilbert trekt zijn trui uit. Hij draagt er een poloshirt onder. Hij is dik geworden.

‘Ik wil het nog een keer zeggen’, zegt Elisabeth.

‘Wat?’

‘Ik vond dat je naar potloodslijpsel rook. Maar ik vind dat een lekkere geur. Heb ik dat dan ook wel gezegd?’

‘Ja, dat heb je ook gezegd.’

‘Dan heb ik zo’n goed geheugen, maar …’

‘Niet voor wat je zelf hebt gezegd.’

‘Ik vergeet altijd of ik het heb gedacht of hardop heb gezegd.’

‘Nee, je vergat steeds te kijken naar de reactie. Dat is het.’ Hij kijkt boos.

‘O,’ zegt ze, ‘zit dat zo.’

'Ja, zo zit dat.'

Ze zwijgt.

'Wat denk je nu?' vraagt Wilbert.

'Dingen die ik al heb gezegd.'

'Sorry,' zegt hij, 'zeg het maar.'

Ze steekt haar hand uit. 'Ik kan het voelen, nog steeds. De vinger waar jij een pleister omheen deed, op jouw zestiende verjaardag. Ik had 'm opengehaald aan een blikje. Je deed het heel strak. Toen heb ik besloten dat je mijn man was.'

'Ja.'

'Maar ik weet heus wel dat ik dat al 's heb gezegd.'

'Ja.'

'Jullie hebben van die plastic voorgeknipte pleisters. Niet van die stroeve die je zelf moet afknippen.'

'Hoe weet jij dat?'

'Als Coco kwam had ze zulke pleisters op.'

'Je zegt het alsof ze elke week gewond bij je werd afgeleverd.'

'Ik vroeg haar of zij die pleisters op haar arm had geplakt.'

'Miriam?'

'Ze was zeven toen. Ik heb haar uitgelegd dat dat lelijke pleisters waren en dat je pleisters van een grote gevouwen rol moet knippen en dat ze droog en stroef moeten voelen. Dat was ze vergeten. Toen al.'

'Sorry.'

'Het is jammer dat je net nu komt. Ik moet slapen 's middags.'

'Jij kunt slapen. Ik ben hier gewoon.'

'Als ik wakker word, ben je weg. Ik ga niet slapen.'

'Ik beloof dat ik niet weg ben als je wakker wordt.'

Ze sluit haar ogen en snuift. Ze probeert hem te ruiken. Hij is te ver weg.

Wilbert is de strakke pleister om haar vinger, de geur van potloden die later werd verdreven door de geur van bier. Wilbert is de smaak van bloed als hij haar kuste, met zijn gehavende lippen nadat hij weer eens was gevallen met zijn brommer. Hij is zo'n katoenen rugzak met leren biezen die ze toen allemaal hadden, in verschillende kleuren. Die van hem was zwart en altijd iets te zwaar omdat hij er flesjes bier in meedroeg, tussen zijn schoolschriften. Je hoorde ze tegen elkaar stoten en Elisabeth verwondert zich er nog steeds over hoe weinig er braken.

Het zeldzame flesje dat op haar slaapkamer brak, verdreef de potloodgeur definitief door dat van bier. Het was op een lange zondagmiddag, haar ouders waren in de huiskamer in slaap gevallen. De zon die naar binnen viel maakte alles niet mooier maar stoffiger. Dat stof kon je op zondagen proeven. Het gehemelte werd stroef, je wilde constant eten en weer stoppen met eten. Als het maar die smaak verdreef. Haar zussen waren al uit huis. De grote zolderslaapkamer was voor haar. Ze was als een huisdier dat geen aandacht vraagt. Een kat die eigenlijk buiten leeft. Je voedt het en het gaat zijn gang. Ze vond het fijn om zo'n dier te zijn. Wilbert ging allang de huiskamer niet meer binnen als hij haar opzocht. Hij liep zo door naar boven. Ze herkende zijn lopen, hij sloeg altijd treden over.

Wilbert had geen bieropener bij zich. Hij had altijd flesjes in die rugzak maar nooit een bieropener. Alsof hij nooit van plan was om bier te kopen maar elke dag opnieuw op het idee kwam. Meestal opende hij zijn flesjes met een aansteker. Die zondag had hij geen aansteker en wilde hij de scherpe bovenkant van de radiator gebruiken om de dop eraf te slaan. Het flesje brak. Schuim en bruine glasscherven over de vloerbedekking in haar meisjeskamer. Het was een van de weinige keren dat Elisabeth de aantasting van de spullen geen achteruitgang vond. Het was alsof haar kamer werd ingewijd, samenvloeide met Wilbert. Haar hele kamer rook nu naar hem. En steeds weer rook haar kamer naar hem als de dagen erna de verwarming aanging.

Hij zat op de grond, met zijn rug tegen de radiator en dronk, sneller dan ooit. In een tempo dat hij jaren vol zou houden. Het was het moment waarop hij het juiste ritme vond.

Ze opent haar ogen. Hij hangt onderuitgezakt op de bank met een krant die hij zelf mee moet hebben genomen. Zij heeft geen krant.

Hij was nooit sneller gaan drinken dan hij in die dagen al deed, maar ook nooit langzamer. Goed, totdat hij helemaal stopte. Maar dat zegt niets over het tempo waarin hij nog zou drinken als hij het zichzelf maar toestond.

Hoe langer hij daar op haar meisjeskamer zat en dronk, hoe vaker hij zei dat ze mooi was, maar ook vroeg hij keer op keer: 'Wat moet je met zo iemand als ik?'

Toen hij dronken genoeg was, durfde ze te antwoorden: 'Jij bent mijn hond, kom bij me liggen.' Met dronken ogen keek hij haar aan. Hij wilde bij haar liggen.

'Kom', zei ze. Hij kroop op haar bed en hij legde zijn hoofd op haar schoot. Ze aaide hem. 'Jij bent mijn hond', zei ze.

'Mijn hond,' zegt ze zacht, 'mijn hond.' Hij kijkt op van zijn krant.

'Wil je iets?'

'Kom even bij me liggen.'

'Elisabeth ...'

'Zeg ik iets raars?' vraagt ze en ze verbaast zich erover dat ze die vraag niet veel vaker stelt, terwijl god-weet-hoe-vaak ze die vraag denkt. Hij glimlacht. Hij wil geen antwoord geven. Nog eens vragen dan maar. Maar het is de vraag ervoor, die ze nog een keer stelt.

'Kom je bij me liggen?'

'Werken die morfinepleisters nou een beetje?'

'Drink jij nou nooit meer?'

'Geen druppel.'

'Ik vond het nooit erg als je dronken was.'

'Ik wel.'

'Ik hou van je.' Hij zwijgt. Het maakt niets uit. Het is fijn dat ze het zeggen kan. 'Ik hou zielsveel van je.' Hij zwijgt. 'Vind je het erg als ik dat zeg?'

'Jij houdt niet van mij, jij houdt van een idee.'

Ze zoekt een overtreffende trap van houden van, van houden van met hart en ziel, maar vindt alleen zijn naam.

'Wilbert.'

'Jij houdt van een herinnering.'

'Dus Miriam en jij houden beter van elkaar?' Ze snapt het niet en zal het nooit snappen, ze snapt alleen dat ze faalt en dat haar liefde niet telt.

'Kom je even bij me liggen?' Hij knielt voor haar bed en legt zijn hoofd op de rand. Ze ruikt het potloodslijpsel. Ze legt een hand op zijn hoofd. Ze aait hem. Ze zegt niet: jij bent mijn hond. Ze zegt het niet hardop. Ze is altijd tevreden geweest met haar hond. Maar op een dag wilde hij haar hond niet meer zijn. Miriam zei hem dat hij nog zo veel andere namen had, en die wilde hij toen ook allemaal. Namen die zij hem niet wilde geven, ze wilde haar hond.

'Ik kan zo veel meer zijn,' zei hij eens, 'en jij ook', voegde hij daaraan toe. Zij kon ook zo veel meer zijn. Maar wie wil dat nou? Meer zijn?

Als de voordeur opengaat staat Wilbert snel op. Het zijn Coco en Miriam.

Ze kijkt naar de vrouw met de brede heupen en telt de malen dat ze haar heeft gezien in haar leven. Hoeveel verjaardagen?

Heel zacht vraagt Coco aan haar vader of alles goed is gegaan. Miriam knikt vriendelijk. Weer denkt Elisabeth aan vampiers. Miriam is één keer uitgenodigd en nu is ze er alweer, alsof die ene uitnodiging volstond om voortaan zomaar binnen te kunnen lopen. Jarenlang is Miriam voor haar alleen een naam geweest. Zelden heeft iemand er zo lang over gedaan om te materialiseren.

'In het begin dacht ik wel 's dat jij helemaal niet bestond.'

Miriam kijkt achter zich, alsof er niet tegen haar gesproken werd.

'Je bestaat', zegt ze. Iedereen zwijgt. 'Een grap, ik maak een grap ... Denk ik ... Toch?' Alle taal die ze de wereld in stuurt moet vertaald worden, toegelicht, uitgelegd. In haar eigen huis verdomme.

Als de bel gaat, herinnert ze zich pas weer dat de huisarts op bezoek zou komen en er is onmiddellijke blijheid om al die mensen in huis. Juist nu. *Deel je het wel met mensen?* Hij zal tevreden zijn.

Haar moeder zit rechtop in bed. Haar wangen lijken kleur te hebben. Coco zit tussen haar vader en stiefmoeder in, op de bank die haaks op het bed staat. In een belachelijk rijtje zitten ze recht tegenover de huisarts, terwijl die zijn best doet om zich vooral tot haar moeder te wenden.

Vlak voor Peter Voors zich als 'Peter Voors, huisarts' voorstelde, dacht Coco dat de lange man op hun stoep hun iets wilde verkopen. Miriam had natuurlijk als eerste geroepen dat ze hen wel even alleen zou laten, maar haar moeder had nogal moeite gedaan om Miriam in de huiskamer te houden.

'Ga zitten, ga zitten, Miriam, ga zitten.' En Miriam gíng zitten.

'Wat jij prettig vindt', zei ze nog, maar Coco dacht: al vindt mijn moeder het prettig dat jij haar met een stoel afranselt, dan nog hoor jij dat niet prettig te vinden. Jij moet hier niet willen zijn, maar ze zag dat Miriam het maar al te graag wilde.

'Hoe gaat het?' vraagt de huisarts.

'Goed,' zegt haar moeder en ze hoest, 'sorry, goed.' Ze glimlacht vriendelijk naar de huisarts. Haar vader kucht nu ook. Miriam kijkt strak voor zich uit, de mond krampachtig gesloten, acterend dat ze haar plaats weet en Coco denkt alleen maar: niet bemoeien, mijn plaats weten, godverdomme al te veel domme vragen gesteld. Mijn plaats weten. Ik wil niet die dochter zijn, denkt Coco, de onverzadigbare met de impertinente vragen. Rond haar veertiende werd alles pas echt ingewikkeld. Op de dinsdag was daar nog de stiefmoeder met haar *Mij kun je alles zeggen* tot vervelens toe, en de dag erna was er de echte moeder die elke vraag te veel vond of te moeilijk en op donderdag die andere weer met haar *Wat voel je dan lieverd? Wat voel je dan?* Haar vader deed netjes mee. Wat Coco zelf nog vragen wilde, weten wilde, zeggen wilde, verdween in een heel dikke mist.

De huisarts zegt: 'Kijk, als de buren vragen hoe het gaat, en u hebt geen zin om te praten, dan kunt u gewoon "goed" zeggen, maar als ík vraag hoe het gaat dan mag u gewoon eerlijk antwoorden.'

Haar moeder kijkt Coco even aan, alsof ze hulp vraagt.

Coco haalt haar schouders op.

'Want het gaat natuurlijk niet zo goed', zegt de huisarts.

'Nee,' zegt haar moeder braaf, 'niet zo goed natuurlijk.'

Coco, haar vader en Miriam kijken nu alle drie naar de grond. Drie kleuters op een bankje, denkt Coco. Ze is ons allemaal de baas.

'Hoe gaat het met die pillen die ik u gaf?'

'Ja, daar ben ik een beetje mee aan het minderen', zegt haar moeder, ze kijkt trots, maar Coco ziet de huisarts schrikken.

'Dat moet u niet doen. Die verminderen de druk in uw hoofd. Wilt u dat alsjeblieft niet doen? Waarom doet u dat?'

'... ik wilde gewoon. Ik wilde het gewoon goed doen. Is het verkeerd?'

'U weet van de uitzaaiingen in uw hoofd. Dat weet u, toch?'

'Ja natuurlijk,' zegt haar moeder, 'dat weet ik heus wel.'

Coco's vader kijkt Coco aan en vraagt bijna geluidloos: 'Wist jij dat?' Coco haalt weer haar schouders op, en schudt haar hoofd boos, als een puber die vindt dat haar vader een stomme vraag stelt of in ieder geval op een stom moment.

'Wilt u daar gewoon weer de aanbevolen dosis van nemen?' vraagt de huisarts.

'O, dat is goed, hoor, als u denkt dat het beter is', zegt haar moeder op een toon van iemand die niet te beroerd is om iets voor een ander te doen.

'Mevrouw De Wit,' zegt de huisarts, 'u begrijpt toch wel wat er aan de hand is?'

En dan staat Coco op, pakt Miriams hand en trekt haar van de bank. 'Wij zetten koffie', zegt ze en ze laat Miriams hand niet los als ze naar de keuken loopt.

Vlak voor ze de keukendeur achter zich sluit, horen ze nog net hoe haar moeder het juiste antwoord geeft. Dat ze weet dat het niet lang meer zal duren, dat ze doodgaat. Binnenkort ja. Nee, nee, geen maanden. Weken. Misschien zelfs dat niet.

'Ik kan morgen dood zijn,' zegt ze, 'ik weet het', de huisarts bewijzend dat ze niet gek is, maar wel uitermate vriendelijk.

'Godver,' zegt Coco, 'wat is zo'n man serieus.'

'De situatie is ook serieus', zegt Miriam.

'Maak je geen zorgen,' zegt Coco, 'de begrafenis is al geregeld.'

Elisabeth valt steeds kort in slaap en schrikt dan wakker uit iedere keer dezelfde droom: dat ze op de zaak in slaap valt terwijl ze door moet werken nu, de lijst moet vanmiddag af. Ze grijpt naar het gereedschap naast zich, wordt wakker van het geluid van glas in de verkeerde ruimte.

'Martin?'

Het is Wilbert. Hij zit op de bank, bukt en raapt een glas op. Het is niet stuk. Hij zegt: 'Er zat niets meer in.'

'Wat doe jij hier?'

'Je bent niet op je werk, Elisabeth, je bent thuis.'

'Dat weet ik, wat doe je hier?'

'Coco heeft een rooster gemaakt, dat weet je toch?'

'Alweer?'

'Het is nog steeds hetzelfde rooster.'

'Maar jij bent er alweer.'

'Vind je dat vervelend?'

'Ik vind het fijn.' Ze is te moe voor beleefdheden. Te moe om na te denken over wat je wel of niet hoort te zeggen. Opnieuw valt ze weg; als ze weer wakker wordt klopt de ruimte. Ze ziet wat ze verwacht en wie ze verwacht.

'Hé', zegt ze.

'Hé', zegt hij.

'Mijn hond.'

Hij zwijgt.

'Jij bent mijn hond.'

'Ik wil geen hond zijn.'

...

'Ik wil geen hond zijn.'

'Ik hoor je.'

'O.'

'Mocht jij weg van haar?'

'Dat bepaal ik zelf.'

Elisabeth lacht.

'Waarom lach je?'

'Zegt zij dat? Zegt zij: "Dat bepaal je natuurlijk zelf"? Zegt ze dat?'

'Dat is toch ook zo?'

'Je bent een hond die geen hond wil zijn.'

'Ik ben geen ... Godver.'

'Je wilt geen hond zijn, ik weet het.'

Coco loopt de trap af. Ze horen haar naar de keuken gaan. Het is een steile trap. Nu Elisabeth hem zelf niet meer op en af gaat is hij meer in haar gedachten dan ooit, door die constante dochtergang. Coco is die trap nog nooit geruisloos op en af gegaan.

'Moet Coco weg?'

'Ik heb gezegd dat ik het vanavond ook overneem. Kan ze er even uit.'

Coco komt binnen. Elisabeth sluit haar ogen.

'Pap, weet je het zeker?' Coco zegt het zacht, ze denkt vast dat ze slaapt. 'Ik hoef echt niet weg, hoor.'

'Kun je even naar Hans toe.'

'Ja.'

'Het is geen probleem.'

'Vindt Miriam dat wel goed?'

'Jezus, dat bepaal ik zelf wel, ja?'

'Och, het is natuurlijk woensdag.'

'Wat is er op woensdag?' vraagt Elisabeth.

'Heb ik je wakker gemaakt?'

'Wat is er op woensdag?'

‘Op woensdag heeft Miriam yoga,’ zegt Wilbert, ‘maar daar gaat het niet om. Wat denken jullie wel van Miriam? Het was zelfs haar idee.’

‘Hond’, zegt Elisabeth zacht. Hij hoort het. Coco niet, ze loopt alweer weg.

‘Ik ben niet dezelfde man die ik twintig jaar geleden was.’

‘Je bent dikker geworden.’

‘Dat ook ja.’

‘Ik niet.’

‘Nee.’

Coco stampt de trap weer op naar boven.

Toen haar dochter twee was, tilde ze haar de steile trap af naar beneden. Eén arm onder de toen nog magere billen. Het kind stond dit tree voor tree toe. Toch voelde ze halverwege de trap al hoe Coco zich klaarmaakte voor de val. Zodra ze de benedenverdieping bereikten, trok haar rug hol zodat ze als een vis uit haar armen gleed. Elisabeth probeerde mee te bewegen – ze liet niet graag dingen vallen – ze wilde zelf bepalen hoe wat ze droeg werd neergezet, hoe snel het werd losgelaten, maar ze volgde slechts de vis in zijn val. Niet zelden lagen ze beiden onder aan de trap op de vloer. Eerder dan zij stond het kind weer overeind en Elisabeth keek haar na als iemand die een wedstrijd verloren had. Het was dan nog geen zeven uur in de ochtend. Soms schemerig, meestal donker nog.

Voor Elisabeth stond, was de vis alweer een ander dier geworden, een wild rund dat je zojuist hebt laten gaan en dat je oplettend nakijkt, hopend dat de afrastering volstaat. Haar dochter was veel dieren, maar nooit een hond, zoals haar vader, die zich ooit nog strelen liet. Elisabeth stond op en als Coco naar de kachel rende, moest ze zich snel tussen haar en de kachel opstellen.

'Hu,' zei ze, 'hu', en ze maakte zich breed, de armen gespreid. Wilbert was dan al naar zijn werk, en ze keek naar de kachel alsof hij die kachel was, en dacht aan hoe hij kon verzuchten hoe fijn het voor hen moest zijn om beneden te komen in een warme kamer. Het duurde jaren voor ze kon zeggen dat dat niet fijn was. Voor ze begreep dat Wilbert de kachel niet was.

'Liever heb ik dat je de kachel weer uitzet als je gaat', zei ze, maar ze zei het te laat en na te veel van zijn vragen.

Of de warmte fijn was, of de gedachte prettig was, of ze besefte …

'Jij zei dat het fijn was voor ons. Ik geloofde je.'

'Ik snap jou niet.'

'De-kachel-brandt. Wat-moet-dat-fijn-zijn. Zo was de kachel.'

'Maar je vond het niet fijn?'

'Het was fijn … dat het fijn hoorde te zijn.'

'Je liegt.'

'Jij bent boos.'

'Waarom zei je dat niet?'

'Het was fijn om de kachel te zien en te denken: dat doet hij voor ons.'

'Maar nu niet meer?'

'Jawel.'

'Moet ik hem laten branden of niet?'

En zo vernielden ze hun kachel, die 's ochtends niet meer wel en niet meer niet kon branden. Hoe langer ze met elkaar spraken, hoe meer Wilbert ging zeggen dat het goed was dat zij nu eens werkelijk spraken, hoe groter de rotte plekken in hun huis werden. Stuk voor stuk werd alles aangevreten, afgebroken, kapotgeslagen.

De grootste kwetsuur was natuurlijk het serreraam dat hun meisje met één grote vlucht naar buiten aan diggelen vloog. Het bleek de inluiding van de sloop. Alsof Coco meer wist dan haar ouders: dat het toch niets uitmaakte omdat de beslissing voor de afbraak allang was genomen.

'Moet ik iets uit de vriezer halen?' vraagt Coco. 'Soep? Brood?'

'Ik kijk zo wel even', zegt Wilbert.

'Je weet waar alles staat.'

'Er is niets veranderd,' zegt Elisabeth, 'alles staat nog op dezelfde plek.'

Opnieuw loopt Coco weg en komt weer terug. Ze heeft haar jas aan, een die niet van plastic is en niet van stof. De jas maakt constant geluid, alsof Coco in een grote krant loopt. Hoort ze het zelf niet?

'Hebben jullie mij nog nodig?'

Elisabeth en Wilbert zuchten tegelijkertijd.

'Ga', zegt haar vader.

Als ze aanbelt, komt hij vanuit de praktijkruimte onder zijn woning.

Hij zegt: 'Laura is nog hier, we bereiden Seattle voor.'

Coco wacht tot hij haar binnenlaat om haar voor te stellen, maar hij maakt de deur naar de bovenetage open en zegt: 'Ik kom zo.'

Ze belde hem pas toen ze haar moeders huis al had verlaten.

'Mama gaat hard achteruit,' zei ze, 'papa is bij haar, mag ik alsjeblieft bij jou eten? Ik moet er echt even uit.'

'Ach meisje,' zei hij, 'het wordt je te veel hè?'

'Nee,' zei ze, 'ik moet er gewoon even uit, het wordt me helemaal niet te veel! Man!'

'... wil je alsjeblieft niet tegen me schreeuwen.'

Ze huilde omdat hij gekwetst leek, omdat hij boos op haar was, en ze wist maar één manier om het zo snel mogelijk weer goed te maken. Dus zei ze toch maar: 'Sorry, ja, je hebt gelijk, het wordt me inderdaad te veel.' Dat ze erbij huilde maakte het geloofwaardig.

Langzaam loopt ze de trap op naar zijn huis toe.

Ze gaat aan tafel zitten, daar waar de krant ligt. Er staat een leeg wijnglas naast de krant, een lelijke groene kelk. Het is een erfstuk en Hans benadrukt vaak dat het glas hem dierbaar is en dat ze er voorzichtig mee moet zijn. Met opzet schuift ze het te wild opzij, omdat de waarschuwing haar ineens ergert, hij stelt zich aan, zo snel breekt zoiets niet, maar vooral wenst ze niet door hem gewaarschuwd te worden. Het glas valt. Ze schrikt, de kelk rolt nog ongeschonden over de tafel, de andere kant op, zie je nou wel, zo snel breekt zoiets niet. Toch staat ze te gehaast op om het te pakken, stoot tegen de tafel, het glas rolt verder en valt op de grond. Het breekt wel.

Over haar hele lichaam breekt het zweet uit. Haar handen trillen. Ze schudt haar hoofd.

Red me, denkt ze, red me, en ze weet dat er maar één is die dat kan.

Ze klopt op het raam van de praktijkruimte.

Hij opent de deur niet helemaal.

'Half uurtje, dan ben ik er.'

'Ik heb een glas kapot laten vallen.'

'Ja?'

'Het is heel erg, het is het mooie glas.'

'Het groene?'

'Ja.'

'Ja,' zegt hij, 'dat is erg.'

'Ik was onvoorzichtig, terwijl ik nog dacht ...'

'Ja.'

'Ik wist natuurlijk dat ...'

'Laten we het er niet over hebben,' zegt hij, 'dat is alleen maar pijnlijk.'

'Het spijt me. Ik weet dat het belangrijk voor je is. Ik ...'

'Ik meen het. Ik kies er dan voor om daar niet aan te denken. Dat is alleen maar pijnlijk.'

'Sorry. Het was ...'

'Coco, niet doen. Het is mijn glas. Ik wil het er niet over hebben. Ik ben er over een half uur. Ja?' Hij sluit de deur.

Ademen is moeilijk. De angst is niet weg. Toch zal hij er niet op terugkomen. Het glas bestaat al niet meer.

Heel voorzichtig loopt Coco terug de trap op. Alsof ze

nooit naar beneden was gelopen. Hij mag haar voetstappen niet horen.

Coco verpakt het kapotte glas in krantenpapier en stopt het in haar handtas, zodat Hans het niet meer hoeft te zien.

Ze zit verstijfd achter de krant als Hans binnenkomt. Ze mag er niets over zeggen. Dat zou egoïstisch zijn, het is zijn glas, hij mag bepalen of het wel of niet bestond, of het wel of niet brak.

'Ben je klaar?'

'Ja.'

'Zal ik theezetten?'

'Ik heb al thee op.'

'Iets anders?'

'Ik neem wijn. Jij hoeft niet, neem ik aan?'

Bij het woord 'wijn' krimpt ze al in elkaar. Ze voelt zich ellendig en weet niet of het alleen door het glas komt. Ze denkt ook aan die vrouw.

'Is ze mooi,' vraagt ze, 'Laura?'

'O, Coco, alsjeblieft.'

Dat is geen goed antwoord, maar de vraag was erger.

'Ik warm Chinees van gisteren op', zegt Hans.

Ze loopt met hem mee naar de keuken en ziet de twee bakken die hij uit de koelkast haalt en denkt: veel te weinig.

'Ik drink met je mee', zegt ze. Het is de laatste optie. Ze ziet geen andere uitweg meer.

Ze wil voelen wat ze voelde toen ze hem net kende. Ze wil dat hij het voelt. Het kan niet weg zijn. Er kan niet slechts slaap resten. Hoe mooi kan Laura nou helemaal zijn?

Ze eten en ze drinken. Na twee glazen wijn lukt het haar om hem naar zijn ambitie te vragen en om het niet raar te vinden dat iemand iets wil. Na drie glazen wijn kan ze serieus zijn wedervraag aanhoren. Na vier glazen wijn kan ze zeggen dat ze niets wil en dat dat inderdaad een groot probleem is. Bij de tweede fles wijn zegt ze dat ze hem bewondert en ze weet niet of dat waar is.

Ze zegt: 'Jij ... Jij bent ... mijn man. Ik heb je gezien. Ik heb je gekozen.'

'Zoals jij een studie hebt gekozen? Zoals jij hebt gekozen om bij je moeder in te trekken?'

'Ik hou van mijn moeder.'

'Je kunt niet besluiten lief te hebben.'

'Hou op, man.'

'Praat met haar.'

'Je weet niet wat je zegt. Moet een mens alles willen weten? Ze is mijn moeder. Ik ben haar dochter.'

'En ik ben jouw man?'

'Ja, godverdomme.'

'Het gaat niet goed, Coco, dat kun je niet ontkennen.'

'Maar je gaat dit netjes afhandelen?'

'Waar gaat mijn keynotespeech over?'

Ze drinkt het laatste glas leeg, loopt naar hem toe en zegt: 'Overweldig me.'

Ze ziet dat hij er iets van vindt, maar ze ziet ook dat zijn pupillen groter worden en hij kust haar. Nee, hij eet. Hij vreet. Er is geen onderscheid tussen mond, neus, wang, oor, hij vreet haar op. En zij denkt niet alleen: overweldig me, ze denkt: meer, verder. Ze denkt wat ze niet denken mag. *Sla me, sla me in godsnaam in elkaar, sla me genadeloos in elkaar.* De drank doet het denken pas goed op gang komen, dat was ze vergeten. Het doet de enige interessante gedachten naar voren komen, die onredelijk zijn maar helder. Ze is zo slecht in het redelijke denken, daarom komt ze altijd sloom en dom over. Omdat ze de goede argumenten niet weet bij de verstandige gedachten. Maar voor sla-me-in-elkaar, wat ze nauwelijks durft te denken, kan ze toch lange betogen houden, dat weet ze, dat voelt ze, en op een dag zal er iemand zijn tegen wie ze dat hardop zal durven doen. Ondertussen vreet hij haar verder op, dat is geen kussen te noemen. Hij verorbert haar en ze denkt aan dat meisje – was het in Engeland? – dat zelfmoord wilde plegen en zo onder de pillen zat dat ze het niet doorhad dat haar hond haar gezicht opat. Zo kauwt hij op haar en ze hoeft zich alleen maar te laten verorberen, zo snel mogelijk terughappen, hem bijhouden, niet minder eten dan hij. Ze trekt zijn trui uit, hij de hare, hemd, beha en ze huilt en lacht en hijgt en eet en zegt zonder geluid: eten is het aller-, allermooiste en allerbelangrijkste wat er is. Ze zuigt aan zijn onderlip. Ze wil meer proeven dan dit en ze hapt.

'Aah', zegt hij en ook van dat geluid wil ze meer. Ze proeft bloed, ze zuigt het op, samen met zijn kreun en weer zegt hij: 'Aah', en hij duwt haar van zich af.

'Jezus, je bijt.'

Coco weet even niet wat ze moet zeggen. Natuurlijk bijt ze, anders kun je niet eten.

'Wat is dit?' vraagt Hans en Coco antwoordt niet: eten. Ze moet rustig worden. Redelijk acteren. Dit is niet onbekend. Met de eerste vriendjes ging het al mis. Ze stoppen altijd. Iedereen is bang voor al het voelen en zij is alleen maar bang dat ze niets meer voelt.

'Sorry', zegt ze en: 'Och jee, je bloedt', alsof ze zijn bloed niet al geproefd heeft, doorgeslikt. Ze likt haar eigen lippen af.

'Och, liefje toch.' Ze kust hem zacht. Zacht zijn wang. Zacht zijn hals. Zacht zijn borst. Zijn buik. Ze knielt. Ze hoort zijn adem versnellen. Heel voorzichtig trekt ze zijn broek uit. Zijn onderbroek trekt ze met één hand naar beneden, de andere hand al moederlijk om zijn pik. Hem niet bang maken nu. Ze houdt zich in en ze huilt omdat als het er echt op aankomt, als ze wakker is, eindelijk wakker, als de drank haar wakker kust, ze altijd sneller is dan de ander. Ze likt over zijn pik en hij kreunt en sluit zijn ogen en heeft die tranen toch niet door. Ze neemt hem helemaal in haar mond, verbergt haar tanden, spant haar lippen en hapt en glijdt en zuigt en proeft snot en spuug en tranen en ergens in de verte bloed.

Ze stopt en haalt diep adem.

'Ga mee', zegt hij en hij trekt haar omhoog en duwt haar dan naar de slaapkamer. Daar trekt ze haar broek uit en hij duwt haar het bed op, godzijdank te wild. Ze valt. Hij komt over haar, te groot en te zwaar en ze mag niet zeggen: verpletter me, vermorzel me, vermoord me, in godsnaam maak me dood, doe iets wat erger voelt dan dit. Hij duwt een been opzij, komt op haar, pik in haar, zijn lendenen tegen de hare en stoot en glijdt en stoot, trekt terug en stoot op plekken waar zij niet bij kan. En dat is het geheim van alles, plekken waar zij niet bij kan. Het moet allemaal harder en dieper en erger, maar dan is daar al zijn laatste stoot, hij siddert en als zijn lichaam bezweet op haar valt huilt ze verder waar ze gebleven was omdat ze weet dat het niet genoeg is. Ze kruipt onder hem vandaan, hij rolt zich op zijn zij en valt in slaap. Hoe kan het dat hier voor een ander tevredenheid uit volgt, rust? Een grote baby ligt naast haar. Coco is klaarwakker. Het is niet genoeg. Ze veegt haar tranen weg. Het is niet erg. Ze moet gewoon ergens meer gaan halen. Dat kan ze.

Ze staat op en kleedt zich aan. Als ze dronken is, is ze vijf. Ze denkt aan bladeren als ze dronken is, dan wil ze naar buiten, erdoorheen lopen, alsof het doorlopend herfst was toen ze vijf was. Er moet een herfst zijn geweest waarin ze alles kon. Ze herinnert zich hoe zeker ze van alles was, dat ze wist dat ze over een veel te grote plas kon springen en hoe zeker ze wist dat de anderen naar haar zouden luisteren als ze hun zou zeggen wat ze moesten doen.

Ooit vertelde ze het buurjongetje dat even oud was als zij, dat het mogelijk was om uit het slaapkamerraam te springen.

'Je moet gewoon goed door je knieën veren als je neerkomt, dat is heel belangrijk. Ik heb het al vaak gedaan. Het kan echt.' Ze praatte op hem in, tot hij op de vensterbank klom en het raam wilde openen. Toen pas zei ze hem dat het een grap was. Maar het stemde tevreden dat ze een ander zover kon krijgen.

Ze kijkt naar de slapende man en weet zeker dat ze hem de baas is. Wie wakker is, is de baas. Ze zal niet meer slapen. Ze weet zeker dat ze geen slaap meer nodig heeft.

Hans hoort niets. Hans gelooft er niet in. Arme Hans, hij ziet het niet. Komt nog wel.

Ze staat op de stoep voor zijn huis. Haar handtas kan niet dicht, omdat de krant met het kapotte glas erin zit. Ze knijpt in de krant en snijdt zich niet. Ze steekt de straat over zonder op het verkeer te letten en dat gaat goed.

'Ik ben er weer', zegt ze en ze loopt de stad in. De stad is haar vriend.

De eerste kroeg die ze ziet, een Ierse bar, gaat ze binnen. Voor ze een plek zoekt, haar jas uittrekt, blijft ze even staan, kijkt om zich heen, en denkt: jullie mogen me hebben. Ze vindt al snel blikken van mannen. Het is alweer gemakkelijker geworden dan vroeger. Ze was het vergeten. Ook is ze vergeten waarom ze dit ooit niet meer wilde. Waarom is ze hiermee gestopt? Dit is zo veel beter dan eten. Beter dan slapen ook. Nu gaat het goedkomen. Nu ze dit weer heeft, kan ze stoppen met slapen, eten, Hans, alles.

Op een scherm in de hoek is een voetbalwedstrijd. Dat is goed, dat is een blikrichting. Ze loopt naar het scherm, trekt haar jas uit, bestelt bier, hangt tegen de bar en kijkt naar Ierland tegen Estland.

'Als je hier zit,' een man tikt op haar schouder, wijst op een kruk naast hem, 'kun je het beter zien.'

Snel glijdt haar blik langs zijn lichaam, zijn gezicht. Kan. Nu moet hij alleen niets al te doms zeggen.

Of ze van voetbal houdt? Wat ze van de Ierse kroeg vindt? Of ze nog een biertje wil? Of ze het koud heeft? Niet? Ze leek te trillen. O nee? Gewoon een rilling?

Het gaat bijna mis als hij zegt: 'Volgens mij ben jij heel gevoelig.'

Ze lacht heel hard: 'Nee hoor, dat ben ik niet.'

Hij lacht ook, dat scheelt, dat helpt, nu niet meer zulke dingen zeggen. Hem de mond snoeren.

'Je hebt een beetje bloed op je wang.'

'Ja,' zegt hij, 'gesneden met scheren.'

Ze brengt haar hand ernaartoe, raakt de kleine wond aan. Duidelijk, ze heeft hem aangeraakt, de rest is nu aan hem.

'Het is goed, het bloedt niet meer', zegt ze. Als ze naar het toilet gaat, ziet ze dat hij bang is dat het een smoes is. Hij is lang. Als ze terugkomt, blijft ze op het verhoginkje staan waar de kroeg achter oploopt zodat ze hem gemakkelijker aan kan kijken, hij stapt dichterbij. Hij kust haar en doet dat goed. Vol, zacht. Dan omhelst hij haar. Het is heel raar, zijn gezicht ging ineens het hare voorbij en nu ligt het op haar schouder. Ze maakt zich los.

'Niet knuffelen?' vraagt hij en het woord maakt haar even van streek, het is een raar woord in een kroeg. Ze legt een vinger op zijn mond.

'Sst.' Ze kust hem en dan kneden zijn handen haar middel. Goed, zijn handen zijn hongerig, dan gaat het, dan kan het. Al kan ze evengoed nu al naar huis gaan, want ze weet dat het niet genoeg zal zijn.

Coco staat midden in de huiskamer en lacht naar haar moeder. Haar vader ging meteen weg toen ze thuiskwam.

'Ben je dronken?' vraagt haar moeder.

'Ja.'

'Och lieverd toch,' zegt ze, 'heb je het leuk gehad?'

'Ja. Nogal.'

'Ik wou dat ik ervan hield. Zei ik ook altijd tegen je vader. Maar ik lust het niet.'

Coco knikt en valt.

'Och kind.'

'Sorry', zegt Coco, ze ligt op haar knieën.

'Heb je je pijn gedaan?'

'Ik knikte net iets te hard.'

'Wil je nog iets?'

'Wat heb je dan?'

'Niet veel, alleen een fles port, voor Martin, maar die drinkt altijd zo weinig.'

Coco zit nog op haar knieën en vraagt: 'Heb jij nooit een andere man gewild?'

Haar moeder lijkt na te denken.

'Of praat ik onduidelijk?' vraagt Coco.

'Nee, ik versta je.'

'Heb je nooit een andere man gewild?'

'Ja,' zegt haar moeder, 'maar welke andere man dan?'

Coco denkt aan de man uit de Ierse kroeg, die ze nog een keer wil, en weet nu dat een ander beter is, voordat ook hij iemand wordt in wiens armen ze zachtjes wil slapen. Voor mama is het te laat, voor mij niet meer.

'Ik bind me te gemakkelijk', zegt ze, dronken genoeg om zich geen rekenschap te geven van tegen wie ze praat.

'Dat heb ik nou ook', zegt haar moeder.

'Ik blijf meteen hangen aan een man.'

'Jij had altijd verkering,' zegt haar moeder, 'op de middelbare school al.'

'Ik blijf altijd. Ik blijf gewoon graag. Maar dan ga ik langzaam dood, snap je?'

'Ik weet het niet.'

'Dan staat het water stil, snap je? Dan wordt het brak.'

'Een vis moet zwemmen.'

'Ja, snap je?'

'Ja.'

'En nu is de damwand gebroken.'

'Ben je nou het water of ben je de vis?'

Coco denkt na. 'Ik ben een vis,' zegt ze, 'maar ik wil het water worden.'

Haar moeder sluit haar ogen.

'Ben je moe?'

'Heel moe.'

Coco doet de lichten uit in de huiskamer, wenst haar moeder een goedenacht.

'Ik zal zacht doen op de trap', zegt ze en ze sluipt het huis weer uit. Op de hoek is een bar. Het is niet eens dat het nu meteen weer moet gebeuren, maar ze moet alleen controleren of het inderdaad nog eens kan, of het opnieuw lukt, dan kan ze daarna best wel even slapen.

De hele dag heeft Coco gerend in huis. Trap op en af. Ze bracht glazen water. Als Elisabeth ze niet opdronk, dan kwam Coco ze wel verversen. Ze zorgde ervoor dat de telefoon binnen handbereik stond. Legde het basisstation om, kroop onder het bed om het stopcontact te vinden.

'Zo, dan kan de batterij niet leeg, ik denk aan alles.'

Ze maakte bouillon, zette steeds maar weer koffie, dronk die zelf op. Ze rende naar de slijter om port voor Martin te kopen, maar belde onderweg driemaal.

Hoe zit het met het rooster, wie lost het kind af?

Ze heeft zich nauwelijks bewogen vandaag, maar te veel beweging gehoord.

'Jij kunt je niet inleven', zei Wilbert vroeger. Een leugen. Als Coco rent, rent zij ook. Als Coco schreeuwt, schreeuwt zij ook. Als Coco eet, kauwt ze net zo hard mee. Ze is aan het eind van de dag bekaf.

En als dan de bel gaat en ze wacht tot het wilde kind door de deur ontsnapt en de rust weerkeert, staat ineens de kamer vol met mensen: Wilbert, Coco en Miriam.

'Sta jij ook in het rooster?' vraagt ze aan Miriam.

'Martin is zo aan de beurt, wij kwamen alleen even langs,' zegt Wilbert, 'Miriam wou even langskomen.' Hij kijkt haar niet aan. Gisteravond was hij steeds stiller geworden en toen Coco thuiskwam was hij het huis bijkans uit gerend.

'Kan ik iets doen?' vraagt Miriam. Niemand antwoordt.

Wilbert zegt: 'Ik ga die verwarming ontluchten, dat is volgens mij al in geen jaren meer gebeurd', en loopt de kamer uit.

'Hij vindt het moeilijk', zegt Miriam.

''t Is echt nodig, hoor,' zegt Coco, 'die verwarming maakt een kloteherrie', en weg is ze weer.

Miriam komt dichterbij. 'Hij vindt het echt moeilijk, hij zegt het niet, maar ik merk het aan 'm.' Ze gaat op de bank naast het bed zitten.

Elisabeth kan niet meer. Ze hijgt. Ze wil zich niet inleven in deze vrouw. Ze wil haar vergeten.

Ze zegt: 'Ja, ik weet het, hij houdt van me,' ze is bijna buiten adem, 'hij kan mij niet aankijken zonder van me te houden. Daarom kijkt hij mij niet aan.'

Miriams gezicht wordt nog lelijker dan het al is. Het komt door het medelijden. Elisabeth glimlacht moeizaam naar Miriam en wacht. Dan verdwijnt het medelijden vanzelf van Miriams gezicht. Ze snapt het. Miriam snapt het nu, dat ze gelijk heeft.

'Natuurlijk ... heb je een plek ... in zijn hart.'

'Hij is een hond,' zegt Elisabeth, 'wil je een glaasje water voor me halen?'

'Hij is geen hond.'

'Dat vindt hij fijn ja, dat jij zegt dat hij geen hond is, maar we weten allebei dat hij een hond is. Wil je water voor me halen?' Ze zakt weg. Alles wordt zwart.

Ze schrikt op van Coco, die ineens voor haar staat met die krakende jas.

'Ik ga.'

Daar is het meisje weer dat altijd uit haar armen viel. De lach is er weer en ze lijkt veel dunner nu. Sneller. Zoals ze vroeger was. Ze ziet dat je dat lijf niet kunt vasthouden, dat het weg zal glibberen. Ze voelt dat haar armen niets kunnen en ze huilt.

'Heb je pijn?' vraagt Wilbert, die op de drempel staat met

een emmer in zijn handen en een handdoek over zijn schouder.

'Mijn armen,' zegt ze, 'daar zijn mijn armen toch niet voor gemaakt, om een vis vast te houden. Ik kan daar niets aan doen.'

'Natuurlijk kun jij daar niets aan doen', zegt Wilbert en hij komt langzaam dichterbij.

'Vis?' vraagt Miriam.

'Mijn armen', zegt ze, want haar armen zijn loodzwaar en machteloos.

'Vis?'

'De vis gaat', zegt Coco.

'Nee!' schreeuwt Miriam, ze staat op. 'Coco is geen vis!'

Elisabeth glimlacht. Coco ook. Wilbert kijkt snel van Coco naar Elisabeth – zijn ogen nog even licht als toen – voor hij naar Miriam toe loopt. Heel even, vlak voor hij naar haar toe liep, waren ze een gezin. Dus zo voelt dat. Ze hadden eerder een vijand moeten hebben.

'Iets ... wat mij ... werkelijk ... interesseert?' Coco herhaalt zijn vraag langzaam en probeert tijd te winnen. Ze staat in de keuken van Hans en knijpt een zilverkleurige plastic zak kaasfondue leeg in een pan. Ze heeft hem gebeld en gezegd: 'Ik wil praten.' Ze wist geen betere redenen meer om zichzelf uit te nodigen, redenen die voor hem zouden volstaan, dit was de laatste.

Ze denkt aan de avond ervoor en aan de tweede kroeg die ze bezocht. Er was een kleine man met heel dunne lippen die toch verbazingwekkend zacht zoende. Ze denkt aan een hand op haar billen, nog in de kroeg, die steeds verder naar beneden ging. Gevinger in een steegje. Bij elke volgende stap kon ze alleen maar denken: aha, ja, het kan. Nu dit dus. Ja, kan ook. Gaat hij nu op zijn knieën? Ja, hij gaat op zijn knieen, ik zie het. Als een accountant had ze de ervaringen bijgehouden. Te dronken om er meer van te kunnen maken dan dat: turven, bijhouden, registreren, benoemen, weten en wie weet: onthouden en zo komt het terug nu, in een rijtje: hand, vingers, tong.

'Iets wat mij ... werkelijk interesseert. Ja, daar hadden we het gisteren over.' Ja, dat interesseert haar, dat wat die accountant bijhoudt.

'Het is goed dat we praten', zegt hij.

'Waarom, jij gelooft toch niet in ons?'

'Ik begrijp de dingen graag.'

'Ik ben naar de Ierse bar geweest.'

'Wanneer? Gisteren?'

'Ja.'

'Alleen?'

'Ja ... Ik heb met een vreemde man gezoend.' Ze kijkt hem niet aan. De kaasfondue ligt als een grote rechthoekige plak in de pan.

'Ach, schatje, jij vindt zoenen al heel wat.'

'Je bent niet jaloers?'

'Als het toch niets voorstelt.'

'Het stelt ... niets voor ... Niet zoals jij bedoelt.'

'Ik weet zulke dingen liever niet.'

'Er is meer gebeurd ...'

'Ik hoef dit niet te weten.'

Ze hakt de plak kaas met een houten lepel in stukken en roert de brokken door de steeds warmer wordende pan. Ze wil zo graag vertellen van een vreemde man die haar likt in het steegje bij de goeie frietkraam, maar ze wacht tot hij zegt: 'Of het moet heel belangrijk voor je zijn.' Ze mist haar vrienden uit haar stamkroeg van vorig jaar. Ze zou erheen kunnen, ze zouden er nog precies zo zitten. Er zou iemand tussen kunnen zitten aan wie ze het kon vertellen.

'Het is goed dat we praten.'

'Ja', zegt ze en ze wacht op instructies, tot de gespreksleider haar zegt waar ze wel over praten.

'Wat jij nu eigenlijk wilt, daar hadden we het over. Wat jou nou werkelijk interesseert.'

'Ga jij met Laura naar bed?'

'Nee.'

'Nog niet.'

'Ik ga niet met haar naar bed.'

'Maar je houdt van haar.' Het is stil. Ze zegt het nog eens. 'Je houdt van haar.'

'Ik zou van haar kunnen houden.'

'Maar je doet het niet?'

'Het zou kunnen.'

'Maar ...'

'Ik wil het over jou hebben, over ons, niet over Laura.'

'Niet over Laura, niet over vreemde mannen, niet over het kapotte glas.'

'Mannen? Meervoud?'

'Hebben we het niet over, Hans. Of het moet belangrijk voor je zijn. Is het belangrijk voor je?'

'Coco, wat doe je hier?'

'Ik maak kaasfondue.'

'Jij denkt dat je van mij houdt.'

'Meer is er niet', zegt ze. 'Niets heeft een smaak. Snap je? Ik kan zeggen dat deze kant-en-klare kaasfondue goed smaakt, maar ik kan ook zeggen dat het smerig is. Als ik daarover nadenk dan weet ik het niet.'

'Dus denk je liever niet na?'

Ze kijkt naar hem en wil niet praten, wel drinken. 'Ik weet niet wat ik hier doe.' De kaasfondue kookt.

'Je moet roeren.'

'Roer zelf maar.'

'Coco, het brandt aan.'

'Moet je roeren.'

Hij rukt de houten lepel uit haar handen en roert.

'Klootzak', zegt ze.

'Coco, alsjeblieft.'

Ze krijgt geen adem. Ze wil hem uitschelden, ze wil hem slaan, ze wil hem geweld aandoen en dat hij dan van haar houdt. Nee, ze wil hem doodmaken en dat iemand haar dan troost. Nee, ze wil ...

'Ik moet weg', zegt ze.

'Moet het nou zo?'

'Ik moet echt weg', zegt ze. 'Sorry,' zegt ze, als ze haar jas aantrekt, 'ik moet echt weg, we praten later wel. Ik moet weg. Ik kan dit niet.' Ze rent bijna zijn huis uit.

Voor zijn deur haalt ze diep adem. Dan begint ze te lopen. Hard, als een snelwandelaar. Ze loopt in de richting van haar moeders huis. Het is te ver, maar ze wil niet in een tram, niet zitten, geen warmte.

Goed, het is donker, maar de supermarkten zijn nog open en op straat zijn er nog te veel mensen onderweg van werk naar huis. Te veel regenjassen, te veel boodschappentassen. Ze moet een bar vinden waar het al de hele dag donker is, of waar om zes uur de nacht al begint.

Halverwege het huis van Hans en dat van haar moeder vindt ze een kroeg met carnavalsversiering en kerstlampjes voor de ramen, de vitrage is smerig genoeg.

De deur klemt en gaat dan met een ruk open. Het is alsof ze de huiskamer van een vreemde binnenstapt, maar de geuren van bier en afwasmiddel ontroeren haar ook meteen, verwelkomen haar. Eén barkeeper en één man aan de bar. Goed. Meer is niet nodig. Je moet je openstellen.

Ze gaat aan de bar zitten, die de vorm van een hoefijzer heeft, tegenover de man en ze bestelt een biertje. De mannen praten over voetbal. Coco kijkt naar de man tegenover haar. Hij is niet lelijk. Ze schat hem midden veertig. Hij draagt een ketting met zijn naam erop. John. Zijn lichaam is sterk en goed.

Als ze ervoor kan zorgen dat hij niet praat, dan kan het. Of als ze ervoor kan zorgen dat ze zo dronken is dat zijn woorden schoonheid worden. Het is jammer dat ze geen sterkedrank lust, dat ze al die tijd en liters bier nodig heeft voor ze komt waar ze moet zijn.

Na het tweede biertje zegt John: 'Geef de jongedame een biertje van mij.'

Ze knikt. Houdt later het biertje in de lucht. 'Dank je.'

Het is allemaal lullig en lelijk, zoals de plasticachtige plakken kaasfondue uit zilveren zakken. Maar over een uur is dat al voorbij. Kwestie van blijven zitten en drinken.

'Wat staat daar?' vraagt ze nadat ze ook hem een biertje heeft gegeven. Ze wijst naar zijn ketting.

'Mijn naam', zegt John.

'Kan het niet lezen vanaf hier', zegt Coco en ze staat op en loopt naar hem toe. 'John. Hoi, John. John, van John Denver?'

'Gewoon John', zegt John. 'Hoe heet jij?'

'Loretta', zegt Coco.

'Hou je van John Denver?' vraagt John.

'Country roads, take me home', zingt Coco.

'To a place, I belong', zingt John.

'West Virginia, mountain mama. Dans met me', zegt Coco en ze pakt zijn hand en trekt 'm van de barkruk.

'Heb je John Denver?' vraagt John aan de barman. De barman draait zich langzaam om en kijkt op een kleine laptop. John en Coco schuifelen een rondje. Zijn handen voorzichtig op haar heupen, haar armen om zijn hals, haar gezicht vlak bij zijn oor. Hij ruikt naar shampoo en bier.

'Almost heaven, West Virginia', fluistert Coco.

'Blue ridge mountain, shining dough a river', zingt John.

'Wat zing jij nou?' vraagt Coco.

'Wat?'

'Blue ridge mountain, en dan?'

'Shining dough a river.' Hij pakt haar hand en wil haar een rondje laten draaien. Coco maakt zich los.

'Nee, John, het is *Shenandoah river*. Dat is een rivier, die heet zo. *Shenandoah river.* Weet je wat jij zingt? Jij zingt: shining dough a river. Dan zeg je: schijnend deeg een rivier.'

Alles is verpest. Godverdomme, een man van veertig die fonetisch John Denverteksten zingt. Ze lijkt wel nuchter.

'Steile trut.' Hij zegt het zacht maar agressief.

Ze voelt het direct in haar buik en de alcohol opnieuw in haar hoofd. Goed zo, John. John is kwaad. John is gevaarlijk. Dat is mooi. Nu mag John zo veel domme dingen zeggen als hij wil.

'Misschien ben jij niet zo slim,' zegt Coco, 'maar misschien kun jij andere dingen heel goed.'

'Misschien moeten we jou eens een lesje leren', zegt John.

'Ik wil graag leren,' zegt Coco, 'ik wil heel veel leren, ik ben een student.'

'Geef mevrouw eens iets sterkers', zegt John tegen de barman.

'Ik lust geen sterkedrank.'

'Dat moet je léren drinken,' zegt John, 'je wilt toch leren?'

Dat is waar, ze wil leren. Hij geeft haar jenever en niet veel later wordt haar hoofd groter en zwaarder en ze klaagt daarover en legt het op zijn schouder.

'Ik zei het toch.'

'Je hebt je hoofd niet nodig,' zegt John, 'hoe heette je ook alweer?'

'Ik heet Loretta en ik sta altijd bij mijn man.'

'Je man? Heb je een man?'

Ze tilt haar zware hoofd van zijn schouder. 'Nee, John, ik citeer.'

'Jij bent een rare, weet je dat?'

'Ik ben een beginner. Ik leer. Jij moet mij helpen', en dan weet ze wat ze zou wíllen zeggen en ze zegt het ook: 'Ik wil weten hoe het is om met een vreemde man te neuken, midden in een kroeg, terwijl er op elk moment iemand binnen kan komen. Ik wil dat leren', zegt Coco. John wordt gek. Ze ziet het.

'Je zit me te dollen, je zit me te naaien', zegt John.

'Ik ben zo zat als een konijn, man, je kunt met me doen wat je wilt.'

John kijkt nu bang en ze zegt: 'Zeg me niet dat je eigenlijk een goeie vent bent.'

'Hé,' zegt John, 'ik ben misschien een beetje onbehouwen en ik heb niet gestudeerd, mevrouw Loretta, maar ik ben een goeie vent.'

'Dus je gaat me niet neuken?'

'Jij moet een beetje uitkijken met wat je zegt.'

Ze voelt tranen. 'Godverdomme man, John. Grijp me.'

'Hoe oud ben jij eigenlijk?' vraagt John. Weer die leeftijd. Nu wordt ze kalm. Dat moet wel. Huilen en smeken, dat werkt natuurlijk niet.

'Zal ik je pijpen?' vraagt ze rustig. Zijn ogen worden groot. Beleefder misschien. 'Mag ik je alsjeblieft pijpen?' Ze ziet dat de barman alles hoort en zich nauwelijks meer kan bewegen. John kijkt panisch nu.

Dan zegt de barman: 'Je mag mij pijpen.'

Coco bekijkt de barman. Hij is wel iets ouder dan John. Iets dikker ook en iets kaler.

'En hoe oud ben jij?' vraagt Coco.

'Gaan we kapsones krijgen?'

'Nee hoor. Ik pijp je, hier.'

'Hier?'

'Vooruit dan,' zegt Coco, 'achter de bar.'

'We kunnen even naar achter.'

'Nee, alleen als het achter de bar mag.'

John en de barman kijken naar de deur van de kroeg. Coco ook.

'De deur mag niet op slot', zegt Coco. 'Alleen als er op elk moment iemand binnen kan komen, pijp ik je achter de bar.'

Langzaam knikt de barman en zet het glas neer dat hij al te lang aan het poetsen is. Coco loopt naar de bar en voelt het juichen in haar en denkt: wat een prachtig verhaal heb ik straks te vertellen. Als er iemand was aan wie je zo'n verhaal vertellen kon.

Het kost concentratie om het zware hoofd recht te houden als ze op haar knieën zakt achter de bar. Het is zo groot geworden en ze krijgt weer alle verkeerde associaties. Ze denkt aan de vrouw bij Oprah Winfrey die over een helikopterongeluk vertelde. Die vrouw zag haar man, die vreselijk verbrand was, maar nog net leefde. Zijn hoofd was twee keer zo groot geworden en zij dacht even: wie is die man, met dat rare grote hoofd en toen zei dat hoofd: ik hou van je, en herkende ze hem. Ik hou van je, zegt Coco nu tegen haar eigen hoofd, maar je moet nog wel even rechtop blijven staan, op die dunne nek, ik heb je nodig.

Ze maakt de riem los, een goedkope plastic riem in een bruine ribfluwelen broek, die broek hangt al laag, onder de grote buik. De grote broek valt vanzelf naar beneden. De witte onderbroek trekt ze met twee handen van zijn billen af, neemt zijn pik in haar hand.

'Een sympathieke lul heb je', zegt ze. En er komen wel geuren tot haar, maar het is net alsof ze ze alleen maar kan benoemen en niet ruiken. Alsof de woorden enkel geschreven staan: speculaas – champignon – vaatdoek – nootmuskaat.

Je kunt het doen, is wat ze denkt als ze de vreemde lul in haar mond neemt en naar de emmers kijkt achter de man onder de spoelkast.

‘O, o Loretta’, zegt hij. En Coco denkt: ik kan alles. Alles is mogelijk. Ik kan alles mogelijk maken. Waar ik ben, is alles mogelijk. Ze hoort John lachen, een nerveuze lachkick.

‘Weet je wat het is,’ zegt hij, ‘weet je wat het is, d’r is meer water als vis.’

Coco stopt met pijpen, zegt: ‘Dán, meer water dán vis.’ En dan komt de jenever toch naar boven, met pijnlijke horten en stoten, met afgrijselijke geluiden die nauwelijks passen bij de precisie waarmee ze zo netjes in de emmer kotst achter de barman.

‘Ik zei het toch,’ zegt ze, ‘ik kan niet tegen sterkedrank.’ Ze trilt. ‘Ik ben ziek,’ zegt ze, ‘ik wil naar huis.’

Ze staat op, wankelt naar haar jas, grijpt die, strompelt de kroeg uit, en zijgt weer op haar knieën en kotst buiten net naast de deur. Ze gaat even liggen, met haar wang op de rubbermat die uit ontelbaar veel rondjes bestaat. Een zachte mat, ze zou hier even kunnen blijven. De supermarkten lijken nu wel gesloten. Het is rustiger op straat. Ze staat toch op. Ze moet Martin aflossen, ze moet op tijd thuis zijn. Het is mooi om op tijd thuis te moeten zijn voor iemand. Ze kijkt op haar telefoon of ze haar al hebben gebeld, waar ze toch blijft. Er is geen bericht.

‘Ja ja,’ zegt ze, ‘ik kom al, ik kom al.’

‘Jij bent vroeg’, zegt haar moeder.

‘Ik ben een beetje ziek.’

Martin staat op. Coco kijkt naar de fles port die op het krukje staat naast haar moeders bed. Er is niet veel uit.

‘Moet ik jou ook in bed stoppen?’ vraagt Martin.

‘Ik kan heel goed voor mezelf zorgen,’ zegt Coco, ‘ga maar.’

‘Een grapje, Coco.’

‘Wij hebben geen gevoel voor humor,’ zegt Coco, ‘hè mam?’

Martin negeert haar. Hij kust haar moeder op haar voorhoofd. Coco staat ernaast en kijkt, te ziek om een blik af te wenden. Haar jas, die ze niet aan had getrokken maar met zich meegesleept, laat ze op de grond vallen. Martin valt er bijna over als hij weg wil lopen.

‘Meisje toch’, zegt haar moeder.

Als hij weg is, gaat ze op de bank liggen.

‘Ik heb te veel gedronken.’

‘Je vader dronk ook te veel, maar ik vond het nooit erg.’

‘Wie ben jij?’

...

‘Ik ben jouw moeder.’

‘Ja hè?’

‘Ja.’

‘Denk je dat ik een goeie moeder zou zijn?’

‘Ja hoor’, zegt haar moeder vriendelijk.

Coco lacht. ‘Dank je.’

‘Toen je naast me in bed lag, net nadat je geboren was, toen dacht ik: wie is dit?’

‘En toen?’

‘Dat bleef, dat is het leuke eraan. Dat dat blijft.’

‘Het leuke.’

‘Ja.’

‘Ik heb wel ’s gehoord’, zegt Coco, ‘dat vrouwen juist meteen denken: o, ben jíj het?’

‘O ja?’

‘Ja.’

‘Heb ik nog nooit gehoord.’

‘Nee?’

'Zal wel niet waar zijn.'

'Als jij het nog nooit hebt gehoord, zal het wel niet waar zijn?'

'Ze denken allemaal aan zichzelf. Ze zien zichzelf en dat herkennen ze. Ze denken gewoon aan zichzelf, maar dat hebben ze niet door, dat ze alleen maar aan zichzelf denken.'

'Hoeveel van die morfinepleisters heb jij geplakt?'

'Moet je aan Martin vragen, die houdt alles bij.'

'Ik krijg die lusjes niet los, van mijn blouse.'

'Kom hier.'

Coco laat zich van de bank glijden en kruipt op haar knieën naar haar moeder toe. 'Het zijn echt friemellusjes.'

Haar moeders handen trillen.

'Het is een Chinese blouse.'

'Ja, Chinees. Ik weet niet of het mij lukt.'

'We hebben geen haast.'

'Eentje is los, maar die tweede zit strakker.'

'Ik heb een vreemde man gepijpt, in de kroeg.' Haar moeder blijft aan de tweede knoop friemelen. 'Achter de bar.'

'Hebben jullie een open relatie? Hans en jij?'

'Heel open ja.'

'Lukt niet. Waarom draag je ook van die ingewikkelde kleren?'

'Het is een leuke blouse. Zeg dat het een leuke blouse is, mama.'

'Het is een leuke blouse.'

'Dank je, het is een Chinese blouse. Heb ik van Hans.'

'Ik ben nooit goed geweest in jaloezie.'

'Niet goed in jaloezie?'

'Of nooit op tijd. Een mens moet jaloers zijn. Toch?'

'Moet het?'

'Dat nam hij me kwalijk. "Je wist niet waar ik was", zei hij. Het interesseerde me niet waar hij was. Ik was daar toch niet bij? Hoe kan iets me interesseren waar ik niet ben? Moet ik die riem ook losmaken?'

'Kan ik zelf wel.'

'Riem is moeilijk. Ik moest je vader altijd helpen met de riem. Dronken mensen trekken altijd die gesp naar de verkeerde kant.' Haar moeder maakt haar riem los. 'Blouse moet je maar zo over je hoofd uittrekken. Dat lusje zit te strak. Ik tril te erg.'

'Er zijn moeders en dochters die elkaar omhelzen', zegt Coco.

'Wil je dat?'

'Ik geloof het niet.'

'Als jij het niet wilt,' zegt haar moeder, 'dan doen we het niet.'

Coco staat op. 'Het is een leuke buurt waar je woont, met al die kroegjes.'

'Ja, het is jammer dat je eigenlijk maar zo weinig overal naar binnen gaat.'

'Nou.' Coco zet twee stappen. 'Ik moet geloof ik even spugen.' Ze zet grote passen naar de keuken en haalt op tijd de wasbak.

Als ze wakker wordt, lang voor de ochtend, en zich de dag ervoor herinnert, is er geen schaamte. Integendeel. De gedachte dat ze alles kan, gaat door en ze weet dat ze de gesprekken met haar moeder nu net zo dronken en gemakkelijk kan voortzetten. Er is niets meer wat haar terughoudt, geen ongemak, geen angst, geen liefde.

Daar heb je haar weer. Ze hoort het parket kraken. Ze opent kort haar ogen. Het is nog niet eens licht. Dat duikt maar op, steeds opnieuw. Al sinds de eerste dag. Coco was nog geen uur oud. Elisabeth had gedoucht, zittend op een houten kruk met een plastic tas eromheen. De kraamverzorgster had haar ondersteund toen ze terug naar haar bed liep. Ze lag er nog maar net, draaide haar hoofd en schrok. Daar lag het kind, dat ze alweer was vergeten. Het was geen vervelende schrik die baby daar te treffen, maar het was een grote verbazing.

'Goed, we moeten het er 's over hebben', zegt Coco.

Weer schrikt Elisabeth. 'Hoe laat is het dan?' vraagt ze.

Coco antwoordt niet, ze komt dichterbij. Ze gaat op het voeteneinde van het bed zitten, in kleermakerszit. Ze duwt tegen haar benen.

'Schuif 's op.'

Elisabeth komt dan maar overeind en trekt haar voeten naar zich toe. 'Het is nog donker.'

'Over de val', zegt Coco. 'We moeten het over de val hebben.'

Elisabeth weet meteen wat haar dochter bedoelt. Er is geen detail omtrent de val waar Coco nog geen weet van heeft, maar ze lijkt te voelen dat er conclusies, gedachten aan verbonden zijn die nooit werden uitgesproken. Toch vreest Elisabeth niets. Ze weet wat ze zeggen moet. Achttien jaar training, dan heb je een verhaal wel onder de knie. Ze is moe. Zitten begint zwaar te worden.

Ze sluit haar ogen en spreekt als de voice-over van een documentaire: 'Je was net vijf geworden toen je door het serreraam reed. Je viel naar beneden en je had je handen nog aan het stuur.'

De laatste zin spreekt Coco met haar mee: 'En je had je handen nog aan het stuur.' Nog even hoopt Elisabeth dat Coco de bekende zinnen prettig vindt en juist geen nieuwe woorden verlangt, zoals je een kind steeds dezelfde verhalen voorleest en je nergens van mag afwijken. Maar als ze haar ogen opent, ziet ze dat Coco geen verhalen wil. Ze zal niet weggaan voordat ze samen de herinnering opnieuw scheppen. Voor ze nieuwe betekenissen vinden, nog ongebruikte woorden, verse combinaties die onverwachte zinnen vormen. Ze sluit haar ogen maar weer en laat haar dochter opnieuw vallen, de glasscherven achterna.

Ze stond in de tuin en had de fietsbel van haar dochter al gehoord. De zijwieltjes waren er net vanaf. De fiets stond in de gang. Coco wist heel goed dat ze niet in huis mocht fietsen. Elisabeth stond met haar rug naar het huis toe toen het glas brak. Het klonk als een knal, een schot. Toen ze zich omdraaide was haar dochter daar, in de lucht, tussen scherven en fiets en ze maakte waar, waar Elisabeth voor vreesde, dus het klopte. Het vinkte iets af.

Elisabeth keek ernaar en liet Coco, het glas en de fiets stil in de lucht hangen en ademde heel diep in en weer uit. Na vijf jaar ademde ze in en weer uit. Dit is het dus, dacht ze. Hier eindigt het. Eindelijk viel ze. Dat de opluchting niets met geluk te maken had en ook weer wel, had ze niemand ooit willen uitleggen.

Ze opent haar ogen. Ze doet geen moeite om Coco's blik te ontwijken. Ze kijken elkaar aan, als twee katten die dreigen.

'Ik heb je zien vallen', zegt Elisabeth.

'Dat weet ik.'

'Ik bedoel: ik heb je zien sterven.' Coco zegt niets. 'Ik heb je tweemaal zien sterven. Eenmaal in de lucht en eenmaal in kamer 14.'

Toen het kind neerkwam op de grindtegels volgde er in plaats van de door haar verwachte stilte en afhandeling, gekrijs en bloed. Ineens was het wonderschone moment waarop de scherven en Coco zo stil in de lucht hingen voorbij. De rust, het uitademen en het onvermijdelijke einde met al zijn onontkoombare pijn, lagen op een weg die ze niet in had moeten gaan. Een verkeerde afslag. Ze dacht dat het voorbij was, maar dat was het niet.

Coco wordt wazig. Elisabeth gaat steeds slechter zien. Ze weet dat haar dochter vlakbij zit, maar het lijkt onmogelijk om bij haar te kunnen. Het voeteneinde van het bed is ver weg.

Ze spreekt tegen het wazige kind: 'Ik was naar kamer 14 verwezen. De deur stond op een kier. Wilbert moest hier ergens zijn. Hij was meegereden met de ambulance terwijl ik thuis de dingen afhandelde. Dat hebben ze me nooit vergeven. Dat ik het glas toen heb opgeruimd.'

'Ze?'

'Ik knipte vuilniszakken open en plakte die voor de ramen met schilderstape. Ik had al een ruitenzetter gebeld. Hij heette Herman. Hij zou proberen of het diezelfde dag nog kon.'

Elisabeth weet hoe Wilbert en zij daar later over spraken. Dat zij in paniek moest zijn geweest. Ze moest zo zijn geschrokken dat ze zich op iets overzichtelijks richtte. Ze zeiden: sommige mensen zijn op hun best in noodsituaties. Bij anderen komt juist hun zwakheid naar boven.

'Ik heb Herman binnengelaten, die veel eerder kwam dan verwacht.'

'Herman.'

'Herman Siezen. Zoals de journaallezer. Maar dan geen Harmen maar Herman.'

'Dat weet je nog.'

'Dat weet ik. Ik was heel helder toen. Heel kalm.' Ze vertelt niet van het geluid dat de vuilniszakken maakten die ze voor het raam had geplakt. 'En toen nam ik een tram naar het ziekenhuis.'

'Waarom nam je geen taxi?'

Elisabeth zou haar benen willen strekken, maar Coco zit in de weg.

'Waarom nam je geen taxi?'

'Ik moet zo zijn geschrokken.'

'Je zegt net dat je heel helder was.'

'De vreemdste dingen blijven je bij, ja.' Dan strekt ze toch voorzichtig haar benen, een klein beetje, maar voelt dan Coco al, dus trekt ze ze maar weer omhoog.

'Je nam de tram.'

'Die ging rechtstreeks.'

'Waarom geen taxi? Waarom niet sneller? Wilde je niet bij mij zijn?'

'Ik moet zo in paniek zijn geweest.' Coco is stil. Wat wil ze nog meer? Dan maar lelijke woorden. 'Overlevingsstrategie', zegt ze. 'Het moet een verdedigingsmechanisme zijn geweest.' Ze heeft allang geen benul meer van wat ze beweert als ze nog meer raars toevoegt als: verdringing, couperen, projectie. Ze kletst maar wat. Er zijn oneindig veel lelijke woorden. Als Coco ze zo graag wil, kan ze ze krijgen. Ze kijkt naar de vlek op het voeteneind. 'Ik was naar kamer 14 verwezen', zegt ze. Het is toch net alsof een vlek minder hoort dan een duidelijk omlijnde dochter.

'Daar lag ik', zegt de vlek.

'Nee,' zegt Elisabeth, 'dat was jij niet.'

'Ik lag in kamer 14.'

'Nee. Ik keek naar binnen en jij was daar niet. Er lag alleen een gewond kind. Het was er donker, de gordijnen waren dicht en dat kind was zwaargewond. Dat zag ik, en het had haar ogen gesloten.'

'Ik?'

'Toen niet. Nog niet. Dat was jij niet ... Er stond een verpleegster achter me en die ... Ze duwde me niet, maar ... ze stond zo dicht bij me, alsof ze mij de weg terug onmogelijk wilde maken. Dus zette ik vanzelf een stap verder naar de kamer toe en toen draaide ik me om naar de verpleegster en ik zei: "Dat is ze niet."

"Jawel", zei de verpleegster toen weer en ze zette een stap, zodat ik ook weer een stap moest zetten, omdat ze anders veel te dicht bij me kwam staan. Ze joeg me op, die kamer in.

"Ga maar naar binnen", zei ze en dat deed ik toen, uit beleefdheid eigenlijk. Maar toen ik daar was, was jij het toch.'

Elisabeth herinnert zich hoe haar buik zich met stenen vulde, als bij de wolf in het sprookje. Ze zette zware passen de kamer in en het gewonde kind werd haar dochter. Zo ineens. Wam. Nee, Bem. Nee. Een slurpgeluid. Iets wat alles weghaalt, inzuigt, opvreet.

Het beeld van haar meisje schoof over dat van het gewonde kind heen en bleef liggen. Ze voelde hoe het in het slot viel. Het paste zo precies dat je meteen niet meer kon zien dat waar je naar keek zojuist nog uit twee beelden bestond. Het kind opende haar ogen. Ze was wat ze zwak noemen. – Hoe is ze? Zwak. – Er waren maar een aantal vakjes, waarin maar een aantal woorden paste. Het was net licht genoeg om elkaar te kunnen zien. Hier werd geen licht verspild en geen geluid.

'Dag, meisje', zei ze tegen haar.

'Mama', zei het meisje. De eerste woorden waren gemakkelijk. Nu rustig wachten tot ze de juiste volgende wist.

'Papa schrok', zei ze.

'Is papa boos?'

'Papa is niet boos.'

'En jij?'

'Jij bent mijn meisje. Jij gaat nu slapen', en het meisje glimlachte en sloot haar ogen. Nu weglopen. Elisabeth glimlachte ook. Nu was het klaar. Zo sprak je laatste woorden.

Maar na de laatste woorden kwam het meisje gewoon weer terug.

'Ik dacht dat je doodging', zegt Elisabeth.

'Ik vind het vreemd dat je dat zegt.' Coco klinkt rustig. Elisabeth weet dat ze niet gelogen heeft, dit niet.

'Ik zweer je, ik dacht dat je doodging.'

'Ik had een gebroken been en schaafwonden, daar ga je niet aan dood.'

'Ik dacht het!'

'Waarom dacht je dat?'

'Toen je door het glas viel ...'

'Ja, dat snap ik, dat je dat toen kón denken. Maar waarom in het ziekenhuis?'

'Glasscherven in je hals, dat kan heel gevaarlijk zijn.'

'Kom op, je wist toen al dat ik niet was doodgebloed, onzin.'

'Ik begrijp het niet. Wat wil je? Ik begrijp het niet.'

'Nee, je weet het, mama, jij weet alles precies. Ik weet van jouw geheugen. En toch doe je vaag.'

'Ik dacht het, omdat ... Omdat we zo ...' Het is onmogelijk om de waarheid te spreken. Dat het een mooi en acceptabel einde was en dat ze zich had verzoend met dat einde en ze zegt: 'Ik moet zo zijn geschrokken.'

Haar moeder ligt daar maar, de ogen nu onafgebroken gesloten. Ze zegt niets meer. Ze slaapt niet. De mond is gespannen.

'Mama?' Coco denkt aan een houten kistje met blokken dat ze als kind had. Je moest er een driehoek, een vierkant en een ster in doen, door gaten met dezelfde vorm. Om ze eruit te halen moest je de hele deksel openen. Het is te lang geleden en toch denkt Coco dat ze zich kan herinneren dat ze de deksel niet opende, maar het kistje ondersteboven hield en schudde tot de blokken eruit vielen. Dat lukte niet, hoe hard ze ook schudde. Zo schudt ze al jaren aan haar moeder en altijd voelt zij zich de stomste. Iemand die niet weet dat dit zo veel handiger kan, een sukkel, een baby. Het wordt licht. De bleekheid van haar moeders armen en handen valt minder op dan in het duister, maar de magerte des te meer. Toch is het theoretisch mogelijk dat als je blijft schudden zo'n blok eruit komt. Als je oneindig zou kunnen schudden, als je onvermoeibaar was. Coco lacht.

'Mama? ... Mama?' De bel gaat. 'Hé, mama.'

'De bel', zegt haar moeder.

'Mama,' zegt ze, 'mama, mama, mama', alsof mama geen woord is maar een geluid, alsof ze het rammelen van de blokken nadoet.

'Mamamamamamamamamama.'

'De bel, Coco!'

'Ik los je af', zegt Martin.

Ze staat in haar pyjama voor de deur.

Als hij binnen is, herhaalt hij: 'Ik los je af. Je bent vrij.'

'O ja', zegt Coco en ze loopt naar boven om zich aan te kleden, komt terug en trekt haar jas aan. Alsof Martin haar een bevel gaf: je bent vrij, ga.

Coco loopt de straat uit maar weet niet waarheen. Hans zal ervan onder de indruk zijn dat ze haar moeder zo heeft getergd.

Eens zei hij: 'Het lijkt wel alsof je bang voor haar bent.' Ze wil dat hij haar ziet, ziet wat ze kan, wat ze durft. Bij de tramhalte is een bankje, waar ze gaat zitten.

'Praat Russisch', zei hij de eerste keer dat ze samen uit waren. Ze praatte Russisch.

'Wat zei je nu?'

'Ik citeerde, uit dat boek.'

'Wat zei je dan?'

'Haar haar hangt, in de vorm van krakelingen gevlochten, over haar oren, en zij heeft linten en strikken in haar haar: zwarte linten, of blauwe, of witte, of bruine; Fima heeft heel veel linten. Serjozja zou het niet eens opgemerkt hebben, maar Fima vroeg hem zelf: "Heb je wel gezien hoeveel linten ik heb?"'

'Daarom ben je Russisch gaan studeren? Om dat te kunnen vertalen?'

Ze zei: *'Heb je wel gezien hoeveel linten ik heb?'*

Hij keek een beetje beduusd, alsof hij nog niet besloten had of hij dit heel stom of heel bijzonder vond.

Als de tram komt die naar zijn huis gaat, stapt ze in. Haar moeders woorden, die ze al zo lang kent, blijven klinken: *Moet zo in paniek zijn geweest. Moet zo in paniek zijn geweest.*

Ik ga weer studeren, denkt Coco. Ik heb even geslapen dit jaar, maar nu ben ik wakker.

Als ze uitstapt ziet ze hem zitten, in de CoffeeCompany, tegenover de tramhalte, aan een tafeltje voor het raam met een vrouw die Laura moet zijn. Ze weet dat ze daar vaak afspreken. 's Ochtends voor het eerste consult. Er moet veel gebeuren voor zo'n conferentie. Ze heeft donkere krullen, ze is slank, ze is mooi, veel ouder dan Coco. Ze ziet lijnen om haar mond. Laura lacht graag. Ze praten.

Coco blijft staan en kijkt naar de twee mensen. Ze raken elkaar niet aan. Ze doen niets vreemds, maar ze ziet dat Hans gelukkig is. Dus zo ziet dat eruit? Als je man gelukkig is. Dus zo ziet dat eruit.

Ze gaat zitten op het bankje bij de tramhalte en kijkt naar de gelukkige man. Hans leunt naar achter en kijkt naar Laura. Het lijkt alsof hij naar haar luistert. Hij luistert. Hij lacht. Dus zo ziet dat eruit. Als hij luistert. Als hij lacht. Als hij gelukkig is.

Ze weet ineens niet of ze dit eerder heeft gezien. Heeft hij ooit zo naar haar gekeken? Zo? Ze denkt aan haar moeder met Martin, die haar omhelsde en dat het er natuurlijk uitzag. Ze denkt aan haar moeder op de lijstenmakerij. Ze is er geweest, niet vaak. Ze heeft haar moeders handen het hout zien strelen. Ze was zeven of zo. Ze kon haar ogen niet van die handen afhouden. De vingers gleden heel zacht over het hout, op zoek naar oneffenheden. Ze merkte niemand om zich heen op. Je zag dat ze hier genoeg aan had.

Laura staat op en loopt naar de counter. Hans kijkt haar na.

Coco staat ook op en loopt naar waar de tram vandaan kwam. Ze weet dat niemand haar nakijkt.

Dus zo ziet dat eruit. Het dreunt maar door. Net als die andere zin. *Moet zo in paniek zijn geweest. Moet zo in paniek zijn geweest.*

Natuurlijk, dat is wat er niet klopt. Het ligt al jaren voor haar neus, maar ze ziet het niet. Ze heeft haar moeder nog nooit in paniek gezien. Haar moeder kent geen paniek. Dat is de leugen. Ze was niet in paniek. Ze dacht dat haar dochter doodging en ze was niet in paniek. Dat is het hele verhaal. Meer niet.

Doet het ertoe? Ben ik nu iemand anders? Als mijn lief niet gelukkig is bij mij, als mijn moeder zonder mij kan, ben ik dan iemand anders? *Je bent vrij. Je bent vrij. Ik los je af. Je bent vrij.*

Coco loopt in de ochtend door de stad. Haar tred is licht. Ze is alleen. Ze weet het. Het verontrust haar niet.

Het is een groot geluk om te weten dat je alleen bent en dat het je niet verontrust.

Ze kijkt naar het zwarte water in de grachten. Ze is water en ze mag niet stilliggen. Stilstaand water is ongezond.

Ze haalt bier in de supermarkt, zes blikjes in plastic, en zoekt een bankje aan de gracht.

Ze zou moeten studeren ja, maar ze weet inderdaad niet waarom. Ze lacht omdat ze het mag denken: ik weet het niet.

'Heb je wel gezien hoeveel linten ik heb?' zegt ze zacht. Dat is alles wat er op een dag van haar studie zal overblijven, één zin.

Het ene blikje bier wijst de weg naar het volgende blikje bier. Zoals ze van eten ook alleen maar meer honger krijgt, seks om meer seks vraagt. Waarom eraan beginnen, iets te willen?

'Veel van iets. Ik hou van niets bijzonders maar van veel van iets', zegt ze tegen een meeuw boven de gracht. Het bier maakt haar geil. De kroegen zijn nog dicht. Ze wil neuken.

'Wat doe je nou?' vraagt Martin.

'Misschien moet jij het doen, ik heb zo weinig kracht nog in mijn handen.'

'Wat doe je?'

'De pijn duwt van binnenuit, maar als ik hard op mijn hoofd duw, wordt het minder.'

'Zal ik iemand bellen?'

'Wil je duwen?' Ze hoort hem opstaan. Ze opent haar ogen niet. Ze haalt haar handen van haar hoofd. Dan voelt ze de zijne, twee warme schelpen omvatten haar schedel.

'Duwen.' Hij duwt.

'Harder.' Hij duwt harder. Haar lichaam wordt slap.

'Zo ja.' Dan laat hij los. Ze opent haar ogen. Hij is weer gaan zitten.

'Moet ik iemand bellen?'

'Wie wil je bellen dan?'

'Wordt het erger, je hoofd?'

'Gaat alweer.'

'Moet ik Coco bellen?'

'Laat Coco maar even.'

'Hoe gaat het met haar studie?'

Elisabeth weet het antwoord niet. Ze denkt na. 'Haar bureau is hier.'

'Die was flink bezopen laatst.'

'Ja,' ze lacht, 'ik heb er niet moeilijk over gedaan. Je was erbij. Je zag het.'

'Ja, ik zag het.'

'Kost me geen moeite, hoor. Ik ben daar goed in. Ik kan

mensen de ruimte geven. Wilbert ook. Ik kon dat goed, hem ruimte geven.'

'Je lippen zijn droog, drink wat.'

'Ik heb haar nooit lastiggevallen.' Martin zegt niets. Gelooft hij haar niet?

'Je moet iets drinken.'

'Toen ze drie was, toen sliep ze heel vast en dan kamde ik haar haar weleens als ze sliep. En één keer heb ik haar wangen in haar slaap ingesmeerd met Nivea.'

'Mij durf je wel lastig te vallen.' Martin lacht. 'Ik bedoel: waarom durfde je mij wel altijd om hulp te vragen?'

'Jij had mij nodig. Jij kon niet zonder me. Ik kan zeven dagen per week werken als het moet. Dat kan ik.'

'Dat kun je.'

'Jij hebt me nodig. Het is niks zonder mij op de zaak.'

'Denk je dat je dochter je niet nodig heeft?'

'Als ik zeven dagen per week werk kan ik toch niet voor een kind zorgen ...? Je hebt geluk met mij gehad.'

'Je had ... minder kunnen werken.'

'Jij vond het fijn dat ik altijd kon.'

'... ja.'

'Ja toch?'

'Ja.' Martin kijkt alsof hij pijn heeft.

'Alleen toen ik ooit probeerde om haar in haar slaap sokjes aan te trekken, toen werd ze wakker.'

'Waarom trok je haar sokken aan?'

'Ze schopte de deken steeds van zich af. Ik heb zelf altijd koude voeten. Eén voet lukte, maar de sokjes waren te klein. Ze groeien snel. Ze begon te schoppen en ik dacht: ik ben er bijna, hij zat er echt bijna omheen, ik moest alleen dat beentje iets steviger vasthouden.'

‘En toen?’ Martins ogen zijn groot.

‘Je kijkt bang.’

‘En toen?’

‘Niks, ze werd wakker. Begon meteen te huilen. Niet doen, riep ze. Met zo’n verwrongen gezicht. Zo hup, in één keer was dat mooie slapende kind weg. HUP. Weg.’

‘En wat deed je toen?’

‘Ik werd boos … Maar ik heb daar niets van laten merken. Ik wist dat zij daar niets aan kon doen, dat ik boos werd. Ik ben heel snel weggelopen, want zij kon daar niets aan doen. Ik had daar wel begrip voor. Nu moet je duwen.’

‘Zijn die pillen hier niet tegen?’

‘Ik moet gewoon even gaan liggen.’

‘Je ligt al. Ik ga nu iemand bellen’, zegt Martin.

‘Ja.’

In het glazen hokje vooraan in de gokhal zit een mooie man. Naast hem staat een ficus.

'Wil je met me neuken?' vraagt Coco.

Hij fronst zijn wenkbrauwen, zegt: 'Ik heb om twaalf uur pauze', en dan begint Coco's paniek. Het komt door dat concreet genoemde tijdstip in de toekomst. Dan weet ze dat deze lichtheid niet zal duren. Ze weet niet eens of de lichtheid twaalf uur wel zal halen. Ze moet blijven bewegen, er moeten dingen blijven gebeuren.

'Twaalf uur is te laat,' zegt ze, 'het moet nu, ik weet niet hoe alles om twaalf uur is. Dat duurt nog ...' Ze probeert de uren te tellen. Hij lacht.

'Sorry, schatje, werk gaat voor het meisje.'

'Werk? Jij houdt van je werk?'

'Wat denk je zelf, schatje?'

'Jij haalt voldoening uit je werk?'

'Hè?'

Coco kijkt om zich heen, op zoek naar andere mannen. 'Ik wil ook voldoening', zegt ze. Ze draait om haar as. Ze ziet jongens, kinderen nog bijna.

Ze loopt langs de gokkasten op en neer. Ze moet blijven bewegen tot ze iets vindt wat ze volgen kan. Een man, een idee, een boek, het doet er niet toe. Maar ze kan niet gaan liggen nu er niets is, als ze nog geen nieuwe reden heeft om weer op te staan. Haar telefoon gaat, het is Martin. Ze loopt naar buiten.

'Het gaat niet goed met je moeder,' zegt hij, 'misschien kun je beter thuiskomen.' Ze glimlacht. Haar gebeden zijn snel verhoord.

Ze gaat nog een keer de gokhal in.

'Sorry,' zegt ze tegen de man naast de ficus, 'ik moet gaan, mijn moeder is ziek. Ze gaat dood. Ik moet me haasten.'

Coco rent. Ze rent langs de grachten, ze rent trams en taxi's voorbij. Ze weet dat het te ver is om te rennen, maar ze rent. Ze moet naar haar moeder toe. Hoe kan Hans denken dat ze niets wil. Hoe heeft ze het zelf kunnen denken. Ze is zo gemakkelijk in iets willen. Ze wil naar haar moeder toe en als ze valt op het Rokin voor Maison de Bonneterie en haar broek rood kleurt van het bloed op haar knieën kan ze alleen maar beter laten zien hoe graag ze rennen wil. Hoe gewonder, hoe beter, wie niet bang is om te vallen rent harder.

De helft van het beeld is zwart. Elisabeth houdt haar hoofd scheef, alsof ze dan de andere helft zal zien, maar één helft blijft zwart. Ze ziet Coco. Ze draait haar hoofd. Alleen Coco.

Moet ik iemand bellen had Martin gevraagd. Ze weet zeker dat ze heeft gezegd: 'Wilbert', maar nu staat alleen Coco daar.

Martin heeft gezegd: 'Ik laat jullie even alleen.'

Het is moeilijk om haar ogen open te houden, maar ze is bang om ze te sluiten. Ze wil niet sterven terwijl Coco toekijkt. Ze wil niet weggaan als een raar iemand. Geen wachtende klant in de salon. Geen getuige. Geen drama.

Ze spert haar ogen zo ver mogelijk open, de andere helft van het beeld beweegt nu. Ze probeert overeind te zitten.

'Het gaat alweer veel beter,' zegt ze, 'ik moet gewoon even slapen. Zeg dat maar tegen Martin, dat ik gewoon even ga slapen, ja?'

'O', zegt Coco, alsof ze teleurgesteld is.

Wat moet ze doen om het kind te laten vertrekken zonder het te kwetsen? Ze wil heus wel dat Coco gelukkig is, natuurlijk, niets liever dan dat, maar niet hier.

'Ik hou van je', zegt ze. Het is een cadeau dat ze graag geeft. Iets wat ze nog had liggen en zelf toch niet meer nodig had.

'Ik hou ook van jou', antwoordt Coco heel gemakkelijk. Ze klinkt nu net als de kapper. Dan lacht Coco heel hard. Elisabeth lacht ook. Gewoon meedoen is altijd het beste.

'Welterusten, viswijf.'

'Welterusten, vis.'

Coco loopt weg. Stemmen in de gang. Een voordeur. Coco's stappen op de trap.

Een mooi einde, denkt Elisabeth over haar leven, zoals ze dat ooit verkeerd dacht bij het leven van haar dochter, dat maar door bleek te gaan. Hier moesten we het maar bij laten. Misschien heeft ze dit keer gelijk.

Coco zit op haar bed en wiegt haar bovenlijf op en neer. Blijven bewegen.

Een heel kort moment dacht Coco: daar gaat ze, dit zijn dan de laatste woorden van mijn moeder: 'Ik hou van je.' Mooier kon niet. Maar toen haar moeder het zei, keek ze haar niet aan. Haar blik was op de deur gericht, niet eens schielijk.

Dus knikte Coco vriendelijk naar het dressoir en zei: 'Ik ook van jou.' Opnieuw moet ze erom lachen en denkt: als het niet zo grappig was, zou je erom huilen.

Ze moet niet gaan liggen. Deze ijle stemming verdraagt geen slaap, die dik en zwaar is en al het luchtige zal verstoppen en naar beneden trekken. Ze had Martin niet weg moeten sturen, nu is ze gebonden aan dit huis en aan wachten. Dit waken is niets voor haar. Er moet iets gebeuren. Iets met ambulances en dokters aan huis en paniek en pijn, alles beter dan dit stille.

'Ik heb geen zin meer', zegt ze en ze lacht alweer om haar puberale toon. Wanneer houdt ze met deze hele zorgact op? Niemand vraagt erom. Iemand moet het doen. Niemand vraagt erom. Iemand moet het doen. Ze wiegt met de woorden mee. Iemand moet het doen, iemand moet het doen.

'Jij kunt geen nee zeggen', zei Hans ooit. Nu weet ze dat ze best nee kan zeggen, misschien ook wel nee wíl zeggen, maar dat er dan wel iets gevraagd moet worden om nee op te zeggen. Niemand verlangt iets van haar, er is niets wat ze weigeren moet, weigeren kan. Misschien zou ze weg moeten lopen, haar moeder nu aan haar lot overlaten. Het rooster vergeten. Natuurlijk. Ze heeft het zelf gecreëerd, wat een prachtige constructie. Ze heeft zich hier onmisbaar gemaakt zodat ze nu kan weigeren. Ze kan nu gaan en gemist worden. Ze staat al. Ze zullen naar haar op zoek moeten, ze zullen haar terughalen en dan zal ze uitroepen: ik doe het niet meer. Meteen beseft ze dat ze haar zullen begrijpen, dat niemand haar zal tegenspreken en ze gaat weer zitten.

Wacht maar, er zal een moment komen waarop haar moeder haar iets vraagt. Alert zijn nu. Veel zal het niet zijn, opletten.

Elisabeth laat een laatste maal haar benen uit bed glijden. Ze trekt zich op aan de rollator en staat. Het lichaam wil neer. Ze blijft staan.

Elisabeth zet een stap en probeert niet te denken aan hoeveel meer stappen nog. Eén stap, denkt ze, want dat is alles wat er moet gebeuren, steeds weer, één enkele stap. Eén enkele stap. Alleen maar met links. Alleen maar met rechts. Eén enkele stap. Tijd is niets. Afstand is niets. Alleen maar met links. Alleen maar met rechts. Eén stap.

Ach, kijk nou, de drempel, daar is-ie al. In haar is het een vriendelijke kappersmelodie. Hulp nodig? Nee, dank je. Gaat-ie wel? Prima joh. Huppekee. Gang alweer. Kijk 's aan. Huppekee. Eén stap.

Het is hout schuren. Eén veeg is niets. Geduld. Ze ruikt het stof, het zaagsel, ze schuurt en schuurt en vanzelf komt het blanke hout aan de oppervlakte, vanzelf is daar de trap.

Even zitten, even wachten nu, even.

Alleen wat adem. Alleen wat lucht. Iets meer lucht graag, iets meer lucht alstublieft … Alstublieft!

Dank u wel. Graag gedaan. Anders nog? Eén tree omhoog, allee hop.

'Wat denk je nu? Mama, wat denk je nu?'

Nog één tree, ik denk: nog één tree.

'Lieverd, wat denk je nu? Wat gaat er in je om?'

Eén tree gaat er in mij om, één tree, lieverd.

'Maar er moet toch meer zijn dan …'

Zo loopt het lied niet. Zo gaat het niet. Kijken. Traproede. Koper. Nog één maar.

Overloop.

Met haar wang op de zachte vloerbedekking schuift ze zich langzaam vooruit als een worm. Het hoofd is te zwaar om te tillen en ze duwt het vooruit en laat het lichaam volgen. Het zou handiger moeten kunnen, het voortbewegen, maar ze weet niet meer hoe.

Coco hoorde de trap kraken en stopte toen met wiegen. Het is een oud huis. Ze wiegde weer, maar er kwam opnieuw een geluid. Onmiskenbaar. Nu is er geluid dat toeneemt, iets komt dichterbij.

'Mama?'

Natuurlijk niet, haar moeder komt de trap niet meer op. Alleen naar het toilet gaan kost haar al twintig minuten. Weer wiegt Coco en ze weet dat ze weg moet uit deze kamer, uit dit huis. Er is meer ruimte nodig. Alles wat niet echt kan gebeuren, omdat er geen plaats voor is, geen zuurstof, gebeurt nu in haar hoofd. Ze staat op, maar voor ze een stap heeft gezet stokt ze al.

Het is echt. Het schuift hiernaartoe. Coco staat doodstil en voelt haar hart kloppen. Er gebeurt iets. Het komt dichterbij. Ze hoort een ademhaling, het is niet de hare. Mama. Geen twijfel mogelijk.

Mama komt haar halen. Ze komt het vragen. Nu gaat het gebeuren. Haar moeder heeft haar nodig. Meteen weet Coco dat al haar gedachten zojuist grootspraak waren. Ze zakt heel langzaam terug op het bed, houdt haar eigen adem in, alsof ze met de hare die van haar moeder zou verjagen, haar ogen zijn strak op de deur gericht. Ze knippert niet.

Ik zal er zijn, zegt ze in gedachten. Ze voelt dat ze het kan, ze zal er zijn voor haar moeder.

Ja, zegt ze.

Je kunt niet besluiten lief te hebben.

O jawel, dat kan wel. Ze besluit.

Coco's deur. Zachtjes nu, Lies. Ze rust er met haar hoofd tegenaan. Gekkenwerk. Ze kan elk moment ontdekt worden. Dan volgt het drama dat ze probeert te vermijden. Vragen. Tranen. Godbetert, omhelzingen.

En oprichten nu.

De sleutel hangt nog altijd aan een haakje aan de deurpost. Die hangt daar prima. Ze heeft hem nooit verborgen. Nooit moeilijk over gedaan.

Ze vlijt zich tegen de deurpost, komt omhoog, neemt de sleutel van het haakje, steekt hem in het slot, draait hem om, en zijgt neer.

Het voelt als een omhelzing. Haar armen doen wat ze kunnen.

Hier ben je veilig, meisje, wees daar, klein monstertje van me, wees veilig.

Er klinken liefdesliedjes in haar.

'How can something so wrong feel so right.'

Tegen haar deur heeft ze haar moeders lichaam gehoord. Coco heeft niet meer durven bewegen.

Dit keer zal ze niet te veel zijn. Haar moeder moet zelf komen, zij moet het vragen.

Ik zal niet bewegen. Ik kan stil zijn.

Ze zal het mooi doen. Meebewegen als een schaduw. Ze zal niks voelen, dat belooft ze.

Het geschuifel lijkt zich te verwijderen.

'Mama?' vraagt ze zacht en ze slaat zichzelf onmiddellijk in haar gezicht. Niets vragen.

Het is stil.

'Stom wijf', zegt ze luid en duidelijk tegen zichzelf. Je moeder op de trap. Je moeder op een houtvlot. Jezus, deze kamer is te klein voor je. Ze staat op. Het is bijna twaalf uur. De man naast de ficus heeft zo pauze. Heel kort zwart haar had hij. Geschoren, maar niet omdat hij kaal werd. Goed haar. Ze loopt naar de deur. Hij klemt. Ze duwt. De deur gaat niet open. Ze zakt door haar knieën, tuurt naar de kier tussen deur en deurpost om te zien wat er mis is met het slot.

Mama was hier.

Ze kijkt lang met open mond naar het slot. De verbazing is enorm en laat geen gedachte toe. Terwijl die verbazing langzaam wegebt haalt ze haar telefoon uit haar broekzak en kijkt naar het apparaat alsof ze er net zo weinig mee kan als met die gesloten deur. Dan huilt ze. Niet omdat haar moeder haar opsloot, maar omdat ze zo graag iemand wil vertellen dat haar moeder het doet en ze weet niet aan wie. Natuurlijk denkt ze aan Hans, maar Hans wil dat ze boos wordt op haar moeder en Coco voelt geen woede. Ze wil het vertellen aan iemand die boos voor háár wordt en dat zij daar dan naar kijkt en zeggen kan: 'Rustig maar, zo erg is het niet.' Iemand die alles voor haar voelt en die zij troosten kan.

Elisabeth ligt en gaat sterven. Voor het middaguur moet het toch wel gedaan zijn. Ze ademt er zwaar naartoe. Haar adem krijgt een geluid. Een zware donkere kreun die ze nooit eerder van zichzelf hoorde. Het is de baslijn van de kappersmelodie. Aaooh. Aaooh. Aaoh. Huppekee. Hoe is het nou. Toe maar zeg. Aaooh. Z'n gangetje. Je kent het wel. Kijk 's aan. Aaooh. Allee hop allee hop. Aaooh. Woorden als muntgeld en de bas die erdoorheen zaagt.

Ze leeft nog net als de zon tot boven de huizen aan de overkant is geklommen en naar binnen valt. Ze opent haar ogen.

De houten tafel in het midden van de kamer wordt door het licht omgeven. Ze wil het warme hout aanraken, ze voelt het al in haar rechterhand, die toch niet beweegt. Het blad te willen strelen is genoeg. Ze doet niets. Ze kan niets. Alleen haar ogen volgen het licht dat alles aanwijst en omhelst. Op het krukje naast haar bed staat het oude Duralexglas. De zon verlicht elke minuscule kras, stelt alle jaren met één gebaar tentoon. Dat ziet ze terwijl haar bloed langzaam tot stilstand komt.

Zonder haar lippen te bewegen, zegt ze: nu heb ik geen hart meer. Ze blaast nog één keer adem uit. Het is gelukt. Ze is alleen gegaan.

Coco belt naar de vaste lijn van het huis, ze zit met haar rug tegen de gesloten deur. De telefoon gaat over, eenmaal, tweemaal, driemaal, viermaal, pas bij de vijfde maal realiseert Coco zich dat ze opnieuw heeft gefaald, het is haar weer niet gelukt om haar moeder niets te vragen. Ze staat op en stampt als ze terug naar haar bed loopt.

Het toestel in de huiskamer gaat over. Het lichaam op het bed voor het raam reageert niet. Elisabeth ziet het.

Vanuit linksboven. De dood ligt linksboven in de hoek van elke kamer. Ze heeft daar vaak naar gestaard, maar niets gezien. Nu heeft die hoek haar zo naar binnen geslurpt en biedt haar nieuwe uitzichten.

De wereld verandert snel. De huiskamer vult zich met elk voorwerp uit haar leven dat ooit stuk ging of verloren. De plastic opblaasbare Barbapapaset die ze Coco voor haar derde verjaardag gaf, staat op de houten tafel, die nu geen krassen meer vertoont. Alle negen strak opgeblazen. Alsof het speelgoed dat ze Coco ooit gaf weer terug in haar bezit is. Ze ruikt het nieuwe plastic. Ze snuift de geur op en onmiddellijk is al het plastic er. Het kleine rubberbootje ligt naast het bed. De opblaasbare zeehond zit rechtop op het voeteneind. De vloer vult zich met alle lichte strandballen die ze als kind en moeder ooit heeft bezeten en nu niet door de wind worden meegenomen. De kamer dijt uit zoals dat alleen in dromen kan en geeft alles een plaats. Dus nu is het compleet.

Het enige wat eindelijk ontbreekt is het verlangen om iemand te vertellen van de schoonheid van al deze dingen.

Alleen het lichaam op het bed is niet mooi en nieuw. Het steekt schraal af tegen dat glanzend blauwe opgeblazen dier op het voeteneind. Elisabeth kijkt ernaar met ongemak, alsof het het speelgoed van haar dochter is dat ze per ongeluk stuk heeft laten vallen. Niet ver van dat kapotte lichaam vandaan bevindt zich haar dochters warme grote lijf, dat ze zelf ooit leven heeft gegeven.

Elisabeth kan ook in Coco's kamer kijken, ze ziet alles.

Coco zit op bed en belt.

Ze zegt: 'Ik ben het. Ik wil je niet lastigvallen, maar mama heeft me opgesloten. Ik kan er niet uit.'

'Ja, dat kan ze nog. Blijkbaar.'

'Ik kan niemand bereiken, je hoeft alleen even de deur voor me open te maken. Ik gooi de sleutels naar beneden. Sorry.'

'Misschien is het de morfine, daar word je raar van.'

Dan laat Coco zich achterovervallen op het bed, de telefoon nog steeds in haar hand.

Toen ze twee was sliep ze met een boek in haar hand. Toen ze vier was met een oude washand. Toen ze zes was zat ze achter op de fiets met een blote Barbie tegen haar borst geklemd.

Elisabeth ziet alles wat er ooit was. Van Coco's eerste houtenspijlenbed tot aan het metalen zwarte tienerbed waarop ze nu zo vreemd half ligt terwijl ze met haar telefoon ritmisch tegen het hoofdeind tikt. Ze ziet het gebloemde hoeslaken waarop Coco geboren werd, maar ook het stijve witte katoen van het ziekenhuisbed waarop ze zelf ter wereld kwam, tot aan het bed van haar dood, dat nu nog warm is.

Haar nieuwe wereld vult zich enkel met spullen, maar dat betekent niet dat ze niet weet wat er met die spullen gebeurde. Wie ze bezat, wie ze tilde, wie ze liefhad en wie ze brak. Niets ontgaat haar of is haar ooit ontgaan, wat haar dochter en haar vader ook beweren, met hun handen en hun monden en hun bewegelijkheid.

Haar meisje tikt maar door met haar telefoon en kijkt niet hoe er krassen ontstaan op het metalen hoofdeind. Dat geeft niet meer, in Elisabeths wereld zal alles wat ze brak en besmeurde smetteloos verrijzen. Alles is even heel en schoon en nieuw in de toonzaal van haar leven, elk matras onbeslapen.

Ze ziet alles. Ze ziet de tramrails die nat zijn van de regen op de dag dat ze haar meisje opzocht in het ziekenhuis. Ze sneden als diagonalen door haar lichaam en ze kleurde ze in met roest. Als ze met Wilbert later over die dag sprak moest ze uitkijken dat ze de tramrails niet noemde.

Ze hebben haar een aantal ziekelijke namen willen geven, maar die heeft ze geweigerd. Het zijn lelijke namen, die ze nooit hardop zal uitspreken, maar de tramrails blijven.

Ze kan de spullen op functie of op grootte rangschikken. Als eerste voelt ze voor het groeperen naar materiaal: hout bij hout, plastic bij plastic. Ze vermoedt oneindige etaleermogelijkheden, maar voor ze zich in haar spel verliest, tikt haar dochter haar terug de tijd in. Ook haar kleine Nokia raakt beschadigd door het tikken. Coco ziet het niet.

Haar dochter komt overeind. Ze staat op en stampt op de vloer. Ze weet dat precies daaronder de oude kroonluchter hangt. Ze stampt harder. De kroonluchter trilt, de glazen druppels zwaaien zachtjes en maken kleine schitteringen op het dode lichaam.

Ik stamp tot ik erdoorheen zak, alles is mogelijk. Coco denkt de bel te horen, maar heeft geen zin om stil te zijn nu. Zo snel kan Hans niet zijn. Ze springt met twee voeten op en neer, ze weet dat daar precies onder de oude kroonluchter hangt. Opnieuw de bel. Inderdaad de bel. Dus mama doet niet open, die houdt zich van den domme.

Coco loopt naar het raam, opent het, hangt naar buiten en ziet de kapper. Ze heeft de kapper nog nooit buiten de kapsalon gezien. Te intiem, denkt ze, de kapper zo los. Weer belt de kapper aan.

'Hallo', roept ze.

'Hoi Coco, we hadden toch om half twaalf afgesproken?'

'Was dat vandaag?'

'Ja.'

'O. Ik denk dat ze slaapt.'

'Weet ze niet dat ik kom?'

'Verrassing.'

'Ik heb maar een half uur.'

'O, ja, ik kom eraan – of – wacht – ze heeft me opgesloten.'

'Wie?'

'Elisabeth.'

'Opgesloten?'

'Ja.'

'Meen je dat?'

'Het is echt zo.'

'O jee.'

'Ik denk dat ze hallucineert, vanwege d'r hoofd en zo.'

'Zit het ook al in d'r hoofd?'

'Wat zeg je?'

‘Ik zeg,’ de kapper schreeuwt nu een beetje, ‘zit – het – ook – al – in – haar hoofd?’

‘Ja joh.’

‘Jee, Coco.’

‘Ja, hè?’

‘Hé, ik heb niet zo lang.’

‘O ja, sorry, ik gooi de voordeursleutel.’

'Lies?' De kapper is de enige die haar naam afkort. Hij opent de deur voorzichtig. Als hij haar ziet liggen op het bed voor het raam, ziet hij meteen dat alles wat er met dit lichaam kon gebeuren, al gebeurd is.

'O jee,' zegt de kapper, 'och Lies.'

Ze heeft hem allang gezien, voor de deur, in zijn leren jas. Ze had haar kapper nooit eerder met een jas gezien. Hij komt niet dichterbij. Hij draait zich om en loopt de kamer uit. Hij zal Coco halen.

Nu is ze nog even alleen. Nee. Dat klopt niet. Ze is overal. Het lichaam op het bed is alleen.

Het klopt niet.

NEE.

Het komt vanuit haar buik naar haar borst, de golf. NEE. Ze heeft geen lichaam meer, waarom voelt ze er dan nog dingen in? De spullen, ze moet terug naar de spullen, maar ze zit vast in een golf. Zij, de anderen zouden het angst noemen, ze zouden het woede noemen, dat weet Elisabeth heel goed. Zij zouden het namen geven van onaanwijsbare zaken en vergeten dat het een golf is die haar lichaam vult en beukt tegen de wanden. Noem het angst, dan wou ze dat ze niet bang was, noem het woede, dan wou ze dat ze niet boos was. Zij noemt het een golf en ze wou dat de zee niet bestond, niet in haar, maar het water beukt en het wil eruit. De kapper loopt al op de trap als haar lichaam nog eenmaal zucht.

'Coco?' roept de kapper op de overloop.

'Hier! De kamer aan de voorkant.' De kapper draait de sleutel om, die nog in het slot zit, en opent haar slaapkamerdeur.

De kapper in een jas. Hij heeft een klein leren tasje bij zich.

'Dank je.'

'Ja.'

'Hoe is ze?'

De kapper slikt en zegt: 'Ik ben bang dat ik te laat ben.'

'Te laat?'

'Overleden ... ben ik bang.'

Coco weet meteen dat de kapper gelijk heeft. 'Godverdomme', ze zet een enorme stap naar de kapper toe, die de doorgang blokkeert. De kapper schrikt en maakt een kleine sprong naar links, maar die kant wil Coco ook op.

'O', zegt de kapper en hij stapt naar rechts. Coco rent de overloop over en gaat zo snel als ze kan de trap af, alsof ze haar moeder nog wil inhalen. De kapper komt achter haar aan. De bel gaat.

'Ma!' roept Coco in de gang.

Terwijl het geluid van de voetstappen van de kapper op de trap langzaam wegstierf is Elisabeth in de spullen verdwenen.

Het fineer van het dressoir is onberispelijk. De linnenkast heeft geen Donald Ducksticker meer. Het theekastje wankelt niet. Dit is het.

Er staat een groen wijnglas op de theekast. Elisabeth wacht op de herkenning. Haar geheugen is onfeilbaar. Het is een kelk uit een ander tijdperk. Een dikke voet onder een klein rond glas.

Nee.

Dit had ze geweten.

Ze kijkt om en ziet: glazen fruitschaal, nu zonder stukje eraf, ja, van haar. Bredemeijer theepot, onberispelijke glans, ja, haar theepot. Suède sloffen, absoluut de hare, dit ís haar hemel. Groene kelk, nee. Nee, niet van haar.

Klopt er dan altijd iets niet, zelfs in de hemel? Misschien is ze toch nog niet dood? Misschien moet ze 'm delen, de hemel. Nee, dat kan niet waar zijn. Die telefoon die nu op het nachtkastje ligt, die is niet van haar. Coco?

Ze is nog niet dood. Dat moet het zijn. Haar dood moet eerst worden vastgesteld, dat zal het wezen.

'Er gebeurt hier niets zonder papieren', hoort ze Martin roepen. Ze moeten Martin bellen, die regelt alles.

Coco is niet snel met die dingen natuurlijk. Het moet nog doorgegeven. Hè, toestanden. Coco, schiet op. De ogen zijn natuurlijk nog open, de mond ook. Pak het in, ruim het op. Hup nou.

En dan, terwijl ze dacht geen lichaam meer te hebben, ze

zo veel verder hoopte te zijn dan ze was, voelt Elisabeth heel licht haar eigen handen op haar buik. Ze is haar lichaam nog niet kwijt.

Haar dochter beweegt in haar, nooit heeft ze haar buik verlaten.

De bewegingen worden rap vager. Nog even en dan heeft Elisabeth geen lijf meer, geen buik meer en geen kind en nu weet ze dat ze bang is.

In de laatste passen naar haar moeder toe heeft ze nog net kunnen denken: ja, dat is nogal duidelijk, al is het de eerste dode die ze ziet. Ze schudt haar hoofd verontwaardigd en pakt heel vanzelfsprekend de arm van haar moeder die buiten het bed hangt en legt 'm op haar buik, de andere hand erbovenop. Het lichaam is klam en zwaar. Ze kan zich niet herinneren wanneer ze dit lichaam voor het laatst heeft aangeraakt, maar gemakkelijker dan dit is het nooit geweest.

Ze sluit haar moeders ogen en spreekt met de stem van een poppenmoeder: 'Och, mama toch', weer schudt ze haar hoofd. Ze duwt haar moeders kin naar boven. De mond valt weer open. Ze pakt het laken en trekt het op tot aan haar moeders kin, duwt de mond ermee dicht. Ze stopt de zijkanten strak in het bed.

'Zo, dat is beter.' Ze hoort de tevreden toon in haar stem, alsof ze hier op gewacht heeft, deze hanteerbare moeder.

'Zal ik jullie alleen laten?' Coco kijkt om. De kapper staat achter haar, daarnaast staat Hans.

'Ik heb hem binnengelaten.'

'Ja, de kapper was er al,' zegt ze, 'was ik vergeten, sorry.'

'Of kan ik nog iets voor jullie doen?' vraagt de kapper.

'Je drinkt toch nog wel even koffie?' vraagt Coco hem.

'Ik heb een half uurtje.'

Haar moeders mond blijft goed dicht. Haar handen zijn droog. Coco wrijft zachtjes met haar vinger over een hand.

'Heb je het nummer van haar dokter?' vraagt Hans.

'Zal ik de dokter bellen?' vraagt de kapper. 'Ik ken haar dokter wel.'

'Moet dat?'

'De dokter moet het vaststellen', zegt Hans.

'Nou, dit kan een kapper ook wel vaststellen. Ik maak koffie.' Coco loopt naar de keuken. Hans volgt haar.

Tegen de kapper zegt hij: 'Bel maar.'

'Moet dat nou meteen, die dokter?' vraagt Coco in de keuken.

'Heb je je vader al gebeld?'

'Hoezo?'

'Je moeder is overleden.'

'Ja, dat is nogal duidelijk.'

'Ga even zitten.'

'Dank je dat je gekomen bent, maar de kapper was er al, dat was ik vergeten.'

'Dat zei je, ja.'

'Ja.'

'Ben jij dronken?'

'Laura lijkt me heel sympathiek trouwens.'

'Sorry?'

'Ik zag jullie, in de CoffeeCompany.'

'O.'

'Jezus.'

'Wat?'

'Het wordt steeds lichter in mijn hoofd.'

'Gaat het?'

'Heel goed, dank je.'

'Ik maak wel koffie', zegt Hans.

'Kastje linksboven, bus met de blauwe molens, koffiefilters staan ernaast.'

Hans vult de kan met water.

'Zes afgestreken scheppen voor een volle kan. Of wil jij zelf geen koffie?'

Hans pakt een filter, het zijn er twee, een valt op de grond. Hij ziet het niet.

'Je laat er een vallen.'

Hij kijkt naar de vloer, bukt en raapt 'm op. 'Ik denk dat het beter is als je nu even gaat zitten.'

'Het gaat goed, Hans.'

'Dat denk je ja.'

Coco lacht: 'Straks ga jij zeggen dat ik *in paniek moet zijn geweest*.'

De kapper komt de keuken in. 'De dokter komt.'

'Dank je', zegt Hans.

'Ik laat jullie alleen.'

'Ik bel je,' zegt Coco, 'ik moet een afspraak maken.'

'Toch niet lang laten groeien?'

'Wat denk jij?'

'Zo heel kort moet je niet doen, beetje bijpunten kan wel.'

'Ja, ik bel je, misschien een andere kleur?'

De kapper steekt zijn hand uit. Ze pakt 'm met beide handen beet.

'Gecondoleerd.'

'Ja,' zegt Coco, 'gecondoleerd. Jij ook. Mama ging graag naar de kapper.'

De kapper geeft Hans een hand. 'Ook gecondoleerd.'

'Dank u wel.'

De kapper gaat. 'Ik kom er wel uit.'

Ze kijkt hem na. 'Die arme kapper', zegt Coco.

'Arme kapper?'

'Met die dode vrouw.'

'Je moeder, bedoel je.'

'Wie anders?'

'Je hebt medelijden met de kapper.'

‘Kom je ’s ochtends even iemand knippen ... krijg je dit.’

‘Je hoeft nu niet aan de kapper te denken.’

‘Maar ik dénk aan de kapper! Godverdomme, ik denk aan de kapper!’ Coco huilt.

‘Ach, lieverd toch.’ Hij omhelst haar.

Ze duwt hem weg. ‘Ik huil omdat ik niet aan de kapper mag denken, Hans. Omdat ik van jou niet aan de kapper mag denken, omdat ik het nooit goed kan doen.’

‘Sorry.’ De koffie loopt. ‘Wat denk je nu?’

Ze aarzelt. ‘Dat de kapper geen koffie heeft gehad.’

Elisabeth is dood.

De dokter spreekt zacht: 'Tijdstip van overlijden.' Hij stroopt zijn mouw iets omhoog en kijkt op zijn horloge: 'Elf uur vijfenvijftig.' Ook Hans en haar vader kijken nu op hun horloge. Coco heeft geen horloge en kijkt op de keukenklok. De dokter schrijft.

'Haar doopnamen?'

'Elisabeth Johanna', zegt haar vader. Hij zit naast de dokter aan de keukentafel. Hans schenkt koffie in.

Toen Hans haar vader binnenliet heeft Coco een grote koffiemok vol met port geschonken. Ze houdt beide handen om de mok als liet ze zich door de koffie verwarmen en drinkt 'm rustig leeg.

De dokter was net bij haar moeder geweest toen haar vader aankwam. Hij heeft een vluchtige blik in de kamer geworpen en is meteen met de dokter mee naar de keuken gegaan.

Hans staat tegen het aanrecht geleund en kijkt naar zijn voeten.

Hij verveelt zich, denkt Coco, hij wacht. Je verlaat iemand niet onmiddellijk nadat je geneukt hebt, dan wacht je een paar dagen, maar hoe zit het met een dode moeder?

'Ach Hans', zegt ze. Hij kijkt op. Zo kijkt hij niet als hij gelukkig is. Ze zal hem moeten helpen haar te verlaten. Hij is er slecht in.

'Kan ik iets voor je doen?' vraagt Hans. 'Iets regelen?'

'Martin regelt alles.'

'Is hij al gebeld?'

'Nee.'

'Moet ik hem bellen?'

'Als jij dat prettig vindt om te doen, dan moet je dat maar doen.'

Ze zet de lege koffiemok op het aanrecht en opent de kleinste keukenla. Tussen de boterhamzakjes, elastieken, schaar en aluminiumfolie staat een pot Nivea. Die staat daar al zo lang als ze zich kan herinneren.

Ze neemt haar moeders hand in de hare als bij een manicure. De hand is lauw en zwaar. Heel zorgvuldig verdeelt ze de crème, smeert ze de vingers in, kneedt ze zachtjes. Ze neuriet.

Als ze klaar is met de tweede hand valt het haar pas op hoe vet de handen er nu uitzien en ze vraagt zich af of je doden wel kunt insmeren: trekt de crème nog wel de huid in? Of – ze glimlacht bij de gedachte – het is typisch haar moeder, gemaakt van ander spul dan de meeste moeders. De glimlach wil niet meer weg van haar gezicht.

De zon staat op zijn hoogst en valt niet meer door het serreraam. Ik kan daar doorheen, weet Coco, ik heb het al bewezen. Ze wrijft over het litteken in haar hals. Scherven door de halsslagader. Onzin, zo snel gaat dat niet. Iedereen kan door een ruit. Maar wie kan het met opzet? Blij en met opzet. Ze was niet onhandig, ook als kind niet, ze wist wat ze deed. Het was herfst.

Coco weet heel goed dat de lichtheid zal stoppen. Deze glimlach kan zich niet meer verbreden, hoger kan de zon niet klimmen.

Ze loopt naar de drempel, zo ver mogelijk van het serreraam vandaan om een aanloop te kunnen nemen.

Ze weet wat ze doet. Ze zal een nieuw serreraam moeten betalen, het is nu haar huis. Misschien kan ze Herman Siezen bellen. Gedoe, ze wordt al moe bij het idee. Daar heb je het al. Niet moe worden. Nu kan ze alles. Nu. Ze moet vaart maken, ze is realistisch, alles kunnen is altijd maar van tijdelijke aard.

Met dank aan Danielle Vidal, Eduard van Hulsen
en iedereen bij L'Encadreur BV

Esther Gerritsen bij De Geus

Bevoorrecht bewustzijn

Het titelverhaal 'Bevoorrecht bewustzijn' – een term ontleend aan Oliver Sacks – gaat over de mens die aan wat hij niet begrijpt een positieve en hogere betekenis toekent. Zoals de middeleeuwse non Hildegard von Bingen. Zij zag visioenen die haar door God persoonlijk waren toegezonden. Volgens neurologen die haar visioenen bestudeerden leed Hildegard aan migraine: haar visioenen waren hallucinaties. Maar door haar 'bevoorrecht bewustzijn' kreeg haar leven een hogere betekenis.

Tussen Een Persoon

Op de dag van de verhuizing besluit ze dat ze toch niet gaat. Dat ze wil blijven. Dat er niets mag veranderen.
Ze sluit haar vriend op zolder op en praat tegen hem. Hij kan niet bewegen. Ze heeft hem dat onmogelijk gemaakt. Hij kan niet praten. Ook dat heeft ze hem onmogelijk gemaakt. Ze wil hem niet beter leren kennen dan ze al doet. Ze wil hem opnieuw zien. Als vreemde. En ze wil niet verder. Ze wil dat het stopt op het hoogtepunt.

Toneel

Esther Gerritsen schreef theaterteksten voor onder meer Het Syndicaat, Toneelgroep Amsterdam, het Gasthuis, Victoria en Keesen&Co.
Eerder werden haar stukken voor jongeren, die zij schreef voor Het Syndicaat, uitgegeven door de IT&FB in samenwerking met Het Syndicaat.
In deze bundel zijn opgenomen *Huisvrouw*, *Het geeft niet*, *Een vriendelijk stuk over aardige mensen*, *Monoloog van een paard*, *Hoe komt het kalf bij zijn maat* en *Seks & eten*.

Normale dagen

Lucie is opgevoed door haar grootouders en gaat na een lange tijd van bewuste afwezigheid terug naar de 'ouderlijke' boerderij omdat grootvader ernstig ziek is. Lucie is een dramaturge met schrijfambities. Ze is net begonnen met haar eerste toneelstuk, dat handelt over een Amerikaanse terrorist. Terwijl ze een poging doet deze onbekende Amerikaan te doorgronden, verdwijnt ze langzaam in de concrete wereld van haar grootouders. Waar het patroon van de dagen vastligt, en gesprekken zich beperken tot het gevaar van de scherpe bocht in de weg of de voorbereiding van de jaarlijkse kermisborrel. Waar het wachten op grootvaders sterven zelfs een alledaagse bezigheid lijkt, en waar een Amerikaanse terrorist een persoon is uit een andere, ondenkbaar verre wereld.

De kleine miezerige god

Dominique is naar Amsterdam verhuisd. Nieuw werk, een nieuw huis, goede voornemens: alle voorwaarden voor een mooie start. Maar Dominique raakt verstrikt in een vriendschap met haar opdringerige onderbuurvrouw en ze belandt in een affaire met de oerlelijke Kris. De kleine miezerige god, door Dominique in het leven geroepen omdat er toch iemand getuige moet zijn van haar leven, kijkt werkeloos toe.

Superduif

Bonnie weet al op heel jonge leeftijd dat ze voorbestemd is om uit te stijgen boven de middelmaat. Op haar elfde springt ze over een tuinhekje, en een aantal seconden blijft ze zweven. Niet veel later ziet ze hoe haar lichaam transformeert tot een gigantische, oerlelijke duif. Ze beseft dat ze nu behoort tot het schaarse gezelschap helden dat onheil kan afwenden en mensen kan behoeden voor ongelukken. Na haar reddingsacties verandert ze altijd weer in het onopvallende meisje dat ze is. Haar omgeving maakt zich zorgen over Bonnies groeiende gekte, behalve haar vriendin Ine, die niet zonder hun vriendschap kan.

Jij hebt iets leuks over je

Verrassend, ontroerend, vermakelijk en herkenbaar, dat is de manier waarop Esther Gerritsen ons door haar ogen naar de wereld laat kijken. Ze spreekt haar verbazing uit, relativeert en stelt tegelijk haar 'mening' ter discussie.

Jij hebt iets leuks over je is een verzameling van columns uit onder andere *Viva* en *Opzij*, teksten voor de radio, artikelen in literaire tijdschriften en andere stukken.

Ik ben vaak heel kort dom

Sinds Esther Gerritsen haar columns voor de *VPRO Gids* schrijft, krijgt de redactie van de gids veel meer lezersreacties dan ze gewend was. Bijval voor de schrijfster, adviezen, vragen, verwonderde reacties. Niet zo vreemd, want wat Esther Gerritsen schrijft vindt altijd respons. Door haar opmerkelijke manier van kijken naar het alledaagse, haar heldere en scherpe pen en haar rijke fantasie. De wereld van Esther Gerritsen is dezelfde als die van ieder ander, maar toch geheel anders.

Roxy

De man van Roxy is verongelukt. Hij blijkt te zijn aangereden op de vluchtstrook en is daar naakt in de auto aangetroffen met een vriendin. Haar wereld stort in, maar Roxy houdt zich sterk. Ze wil niet dat haar dochtertje de dupe wordt en beschermt haar kind tot het uiterste. Ondertussen raast de woede in haar hoofd. Roxy is een vulkaan die op uitbarsten staat.